JN112799

不敗の雑魚将軍

～ハズレスキルだと実家を追放されましたが、
「神解」スキルを使って帝国で
成り上がります。気づけば
帝国最強の大将軍として語られてました～

02

藤原みけ　|画|　猫鍋蒼

CONTENTS

Mike Fujiwara Presents
Illustration by Ao Nekonabe

vol.02

fuhai no ZAKO shougun

1章 誰が為に剣を振るうのか

Chapter. 01

fuhai no ZAKO shogun

俺は駐屯地に向かう日を早めることを決意する。

イヴを助けに行くには正式に赴任先を変えてもらう必要がある。それはつまりガルーラン砦を出るということだ。

皆強くなった。だけど、俺が離れた後、大丈夫だろうか。

これはガルーラン砦の皆を見捨てることになるのではないか？

俺は何が正解かわからなくなった。

「何を悩んでるの、シビル？　助けに行きたいんじゃないの？」

俺にそう尋ねたのは同期にして友であるダイヤだ。

歳は二十歳くらい。茶色の天然パーマが特徴の魔法使いである。

初めて会ったときはどこかおどおどしていたが、今は表情から自信が感じられる。

「助けたいさ」

俺のどこか歯切れの悪い台詞を聞いたダイヤが口を開く。

「皆を心配してるの？　もう昔のやる気のない皆じゃない。今は立派な帝国軍の屈強な兵士さ。少しは皆を信じてやりなよ」

ダイヤの言葉を聞き、俺は自分の傲慢さを知る。このスタンピードを乗り切れたのも皆の強さあってのものだ。今更普通の魔物達に、皆はやられない。彼等を信じることにした。

「そうだな。俺は駐屯地に向かう。司令官にも伝えてくるよ」

俺は司令官に、帝国軍の駐屯地に向かい事態の報告を行った後、友を助けるためにメルカッツに向かいたい旨を伝える。それを聞いた司令官はにっこり笑う。

「今までありがとうのう。君には本当に助けられた。君はずっとこの砦に居るような人材ではないことは気づいとったよ。ここは気にせずに向かいなさい」

「ありがとうございます。いろいろお世話になったのにすみません」

「ええんじゃ、ええんじゃ。ここはもうゴミ溜めではない。それは君が一番知っておるじゃろう？もし君が困ったらガルーラン砦の精鋭で君を助けに行ってやる。だから安心して行きなさい」

まるで本当のお爺ちゃんのような優しい声色で言われる。

「ここでの日々は俺にとって宝物です。忘れません」

「ほっほ。君にそう言われるなんて、嬉しいのう。君はきっと儂が想像するよりもずっと凄くなるじゃろう。頑張ってきなさい」

司令官からの激励を聞いた後、俺は丁重にその場を辞した。

荷物も整理して、砦を出る。

すると、そこには今まで共に戦っていた皆が集合していた。

「おいおい、隊長。俺達になにも言わずに去ろうなんて、みずくせえじゃねえか」

ゲルトさんがこちらを見ながら笑う。

「ゲルトさん……」

「皆、ガルーラン砦の英雄に敬礼！」

司令官の普段とは違う凛々しく重々しい大声に皆、敬礼のポーズを取る。

「「「「「隊長、ありがとうございました！」」」」」

皆が一斉に頭を下げる。

「皆、泣かせるなよ……」

俺は不覚にも涙が出そうになった。今までどこに行っても追い出されたりばかりだったせいか、温かい別れが嬉しかった。

「行くぞ」

シャロンはそう言って、俺の横に立つ。

引き締まりつつも芸術品のように気品を感じさせる立ち姿。

腰まで伸びた輝くような銀髪が、無表情だが恐ろしく整ったその顔が、彼女が白銀と呼ばれる理由を示していた。

「僕もついて行くよ」

ダイヤも同様に言う。

え？　そんな自由に抜けていいものじゃなくない？

正直俺も赴任先変更をこれから相談に行くところなんだけど？

司令官の顔を見る。

「二人とも成果は残している。先日の報告に二人を同行させればよい。後は君の交渉次第じゃろう」

気心の知れた二人がついて来るのはとても助かる。素直に甘えることにしよう。

「今までありがとうございます！　これからのガルーラン砦を頼みます！」

「「「「応！　任せとけ！」」」」

こうして俺達は砦を華々しく送り出され、軍の駐屯地に向かう。

『格好良く決めてるけどよぉ、これでメルカッツに行けずに砦に戻ることになったら赤っ恥だな。ハハハ！』

脳内にランドールの声が響く。ランドールとは俺が使用している弓だが、魔法武器のため意思があり話すこともできる。

『わかっている。なんとしても頼み込むしかない』

『うまくいくことを祈ってるぜ、相棒』

『ありがとうよ』

このまま断られて砦に戻ったら恥ずかしすぎる。これからのガルーラン砦を頼んでいる場合ではない。お前が守れ、という話である。

砦を出て二日、俺が昔面接を受けた駐屯地に再び辿り着く。

「報告してくるので、しばらくここで待っていてくれ」

急使として来ていた兵士が駐屯地に入っていった。その後すぐに報告の場が設けられたが、そこに

居たのはあのとき面接をした三人である。小さい応接間に俺達三人と、元面接官三人が向かい合って座っている。

やっぱり面接って偉い人がしてるんだね。

俺の恩人もとい、天才軍師とかいう謎の嘘をついたヨルバさんも居る。そして横には禿げたおっさんと青年が居た。

「軽く報告は聞いたけど、詳しく聞かせてくれるかい？」

俺はスタンピードの経緯を説明する。それを聞いた三人は驚いた顔を隠さなかった。

「正直、あのゴミ溜めと言われていたガルーラン砦が千のスタンピードを死亡者十人程度で抑えられるとはにわかには信じがたいですね」

二十代後半の青年が息を呑む。

「昔はゴミ溜めだったかもしれません。ですが、今のガルーラン砦は難攻不落の砦となりました。大量の魔物の死体も急使に確認していただいております。ハイオーガの首もこちらに」

俺はハイオーガの首を見せる。

「なに、嘘とは思ってはいないさ。三ヶ所同時のスタンピードだ。ハルカ共和国が糸を引いているのもわかっている。やるじゃないか。ここまで成果を残すとは思ってなかったよ」

あんたのお陰で大変だったよ、とは言えない雰囲気である。なんせ恩恵もあったからな。軍師がこんなに過酷だったなんて。しかもこれから俺は更に過酷な所に自ら志願することになる。

迷走を感じる。

「ありがとうございます。ヨルバ様の期待にお応えできて光栄です」

「あんたのこの成果なら、帝国騎士団に推薦も可能だよ。もしかしたら、騎士爵として叙勲されるかもしれない」

ヨルバさんがにやりとした笑みでこちらを見ている。だが、答えは既に決まっている。

「もし褒美を頂けるのであれば、帝国騎士団への推薦も騎士爵も必要ありません。代わりに、私をどうかメルカッツへ赴任させていただけないでしょうか！」

俺は今回の功績を使い、直談判すると決めていた。

「そいつは無理だ、諦めな。そう簡単に異動先なんて変えられんよ」

ヨルバさんの返事は厳しいものだった。

だが、このまま退く訳にはいかない。

「メルカッツが只今戦禍に見舞われていることは知っております。ですが、私のスキルが言っています。このままではメルカッツは敗北すると」

俺ははっきりと告げる。

そう、このままではメルカッツを守る軍は敗北する。そしてイヴも……。

俺の言葉を聞いた三人が驚きの表情に変わる。

「あんたのスキルは確か、危機察知系スキルのはずだろう？　なぜそんなことがわかる。メルカッツに行きたいからと言って、嘘をついているんじゃないだろうね？」

ヨルバさんが鋭い眼光でこちらを睨む。

「私のスキルは万能ではありませんが、未来を読むことも可能です」

「詳しく説明しな」

俺は三人にスキル『神解《メーティス》』の説明を行う。

どのような質問でも『イエス』か『ノー』で答えがわかるというシンプルなスキル、それが『神解』だ。

簡単に本人にしかわからない質問を三人にしてもらう。一番若い青年が口を開く。

「では、僕から。私の出身地はボリー？」

「イエス」

「僕の年齢は二十七歳？」

「ノー」

「へえ。僕の年齢は表向き二十七歳ってことにしてるんだけど……。ただあらかじめ調べた訳じゃなさそうだね。あてずっぽうの可能性はありますが、信ぴょう性は高そうです」

青年は驚いたような表情で俺を見る。

「そのスキルが本当だとして、敗北するメルカッツにあんたが行って何ができるんだい？」

「メルカッツに勝利をもたらします」

ヨルバさんの言葉に俺は真剣な声色で答えた。

「……言うじゃないか。そこまで言うんだ。あんたが行って負けた場合、負けましたじゃすまないよ？」

「勿論です。どのような罰も受ける覚悟です」

「もう一つ伝えたいことがある。あんたの元親族であるロックウッド家が今回の戦争に参戦する。ほぼ確定情報だ。戦うってことは、家族に剣を向けるってことだ。あんたにそれができるかい？」

ヨルバさんが真面目な顔で尋ねる。室内に緊張感が漂う。だが、答えは既に決まっていた。

「勿論。軍のご命令であれば、元家族といえど我が敵に違いありません。殲滅してご覧に入れます」

俺の言葉を聞いてヨルバは何か思うところのあるような顔をした。だが、最後には仄《ほの》かに笑う。

「そうかい、行ってきな。また推薦状を書いてやる」

「はっ！　必ずや帝国軍の武威をアルテミアに示して参ります！」

俺は跪いて頭を下げる。ヨルバさんはダイヤとシャロンを見る。

「あんた達二人も活躍したみたいだね。騎士爵は無理だが、帝国騎士団に推薦くらいはしてやれると思うよ。次の試験には間に合うだろうさ」

帝国騎士団は、帝国軍の中でも精鋭のみ入団が許される皇帝直属の騎士団である。多くが騎士爵以上を持っていることでも有名らしい。

軍の中でも成果を残した者が試験を受け入隊する。エリートコースといえるだろう。第一から第五騎士団まであり、特に第一騎士団『獅子王団』団長は帝国一の剣士と言われている。

きっと化物なんだろうなあ、とぼんやり考える。

それにしても、良かったなあダイヤ。もし帝国騎士団に入れたら昔馬鹿にした奴等を見返せるはずだ。

シャロンは出世欲とかあまりなさそうだけどどうするんだろう？

「いえ、僕も望みが叶うならシビル君について行きたいと考えております」

ダイヤが堂々と言い放つ。

おいおい、こっちは多分出世コースじゃねえぞ!?　血迷うな、ダイヤ！

「そうかい。そっちの子は？」

ヨルバさんはシャロンの方を見据える。

「私は既にこの剣を捧げる相手を決めました。彼の剣となり、戦わせていただきたい」

俺は二人の覚悟を感じ取り口を開く。

「ヨルバ様、この二人を連れて行っても構いませんか？　大切な仲間なんです」

「あと二人くらい構わないよ。メルカッツはラーゼ領。ラーゼ軍が今回の戦争を仕切っている。ラーゼ軍の坊やに推薦状は書いてやるよ。まあ、効果があるかはわからないけどねえ。私に恥かかせるんじゃないよ」

と圧をかけてくる。

「はっ。必ずやヨルバ様の名に恥じぬ戦いをさせていただきます」

「良い返事だ。行ってきな。そして最後に……良い仲間だ。大事にしなね」

最後は軍人としての顔ではなく、穏やかな御婆ちゃんのような顔で言う。あの顔が本当のヨルバさんの顔なのかもな、と思うくらい自然な笑顔だった。

俺達は用意を済ませるとすぐさまメルカッツに向け旅立った。

◇◇◇

シビル達がメルカッツに向かっているとき、ロックウッド軍も戦地に向かって行軍を続けていた。

その動きは統率が取れており、武により名をはせたことが遠目からもわかる見事な行軍であった。

その様子を見たローデル帝国の村人達が恐怖に駆られたのも仕方ないだろう。

ある騎士が、今回の軍の隊長であるハイル・ロックウッドのもとへ向かう。

「ハイル様、食料の調達の許可をいただきたく、参りました」

そう言って、騎士は農村に目を向ける。つまり強奪の許可を求めているのだ。

今回のロックウッド軍を指揮するのは次期当主であるハイルであり、父であるレナードは隣で補佐を務めるつもりであった。

シビルによく似た綺麗な金髪に大きな青い瞳、鼻筋も通っている。体はそこまで筋骨隆々ではないが、無駄なく筋肉がついており、鍛えられていることがわかる。

ハイルがレナードをちらりと見ると、レナードは笑って頷く。

「良かろう。ここは戦地だ。奪い取ってこい！」

それを聞いた兵士達が馬を駆り村へ向かって走り出す。村に軍に立ち向かう戦力などあるはずもなく一瞬で占拠された。

兵士の一人が、老人を連れてハイルのもとへやってくる。

「この村の村長のようです。ハイル様とお話ししたいと」

ハイルは嫌な顔をするも、一応応じることに決める。

「なんだ？」

「食料は全てお渡しします。なので村人たちはどうか助けていただけないでしょうか？」

それを聞いてもハイルは特に思うことはなかった。どうでも良かったからだ。だが、そこに七歳ほどの少年が向かってくる。

「侵略者め！　お前達に渡す食べ物なんてない！　俺にやられたくなければとっとと帰れ！」

少年は小さな包丁を手に持ち叫ぶ。その言葉を聞き、全力でこちらへ走る若者が居た。

「馬鹿！　お前何を言っているんだ！　す、すみません……どうかお許しを」

兄と思われる若者は少年を庇うように前に出た。若者は青ざめながらも、ハイルを見据える。

「どうか……罰するなら私を。弟はまだ子供なんです」

それを聞いたハイルはにっこりと笑う。

「君は兄かな？　弟思いの良い兄じゃないか」

「はっ、はい！　ありがとう、ございます」

ハイルは笑顔で若者に近づくと、一閃。

次の瞬間には若者の首が宙を舞っていた。ごとりと落ちた首を見た弟が腰を抜かす。

「弟より優秀な兄なんて居ねえんだよ」

ハイルはゴミを見るような目で若者の死体を見つめる。

「に、兄ちゃん!?　あ、ああああああああああああ！」

弟は倒れこむ兄の胴体にしがみつくと、大声で叫ぶ。

ハイルは弟に近づくと、そのまま再度剣を振るう。その剣は弟の命を刈り取った。

「お前は優秀じゃねえけどな。農民共は皆殺しにして村ごと焼き払え！」

兵士達は驚くも、上官の命令は絶対である。村を滅ぼすため動き始めた。

「奴等の罪は、帝国に生まれたことよ」

レナードが奪った果物を齧りながら呟く。農民の命などまるで興味がなさそうな目で、子供の死体を見ていた。

「王国に生まれてさえいれば。哀れなものです」

ハイルも同じく果物を齧る。

「やはり敵地での食料は略奪に限るな。兵站も大事だが、無限に持ち込める訳ではない」

ロックウッド軍は途中途中の村を蹂躙しながら目的地に向かう。彼等の通った後は食料も人も何も残らなかった。

◇◇◇

ようやく辿り着いたローゼ領の都市メルカッツは周囲を城壁に囲まれた城塞都市だった。

デルクールよりもどこかのどかで、素朴な雰囲気が感じられる。

中心街には大きな建物が建ち並ぶが、そこから少し離れると、少し寂れた光景が広がっていた。

戦争中のためかどこか人々の顔は陰っている。


「ここがメルカッツか。デルクールより素朴だな」

馬を走らせ二十日ほどと中々の長旅である。

「急ぎすぎだよ……もう僕動けない。しばらく休もうよ～」

ダイヤは全身汗だくで死んだ顔で呟く。

メルカッツから戦争の様子は感じられない。周りの人の話を聞いている限り戦争の中心になっているのはメルカッツでなく、近くにあるニコル鉱山という場所のようだ。

「行くぞ、ダイヤ！　戦場は鉱山だ」

「え～!?　着いたばっかりだよ!?」

俺達は現地を仕切っているであろうラーゼ軍に合流するためニコル鉱山へ向かった。

『イヴは無事？』

『イエス』

どうやらまだ無事のようだ。毎日のようにメーティスに確認しているため間違いない。メーティスに確認したところ、イヴが死ぬ可能性のある戦闘は今から十日ほど先の戦いらしい。おそらく今回の戦争の山場なのだろう。

「そのイヴって君の友達がこのままじゃ死んでしまうのはわかったよ。僕達は帝国騎士団に合流してイヴって子を近くで守ればいいのかい？」

ダイヤが俺に尋ねる。俺もそれは考えていた。だがそうではないようなのだ。

『俺達三人がイヴをつきっきりで守れば、死は回避できる？』

『ノー』

『帝国騎士団の助力が必要？』

『イエス』

『ラーゼ軍の助力も必要？』

『イエス』

メーティスさんが言うには、俺達だけでなく、帝国騎士団やラーゼ軍、両方の力が必要のようだ。

「まだ、全貌を理解した訳じゃないんだが、俺達だけでなく他の軍の力も必要らしい」

「このままではこちらは負けるのだろう？」

シャロンが言う。

「ああ」

あちらは二つの領の軍が出ているので、人数差も厳しそうだ。おそらくイヴだけでなく、こちらは皆全滅するのだろう。

それを聞いたシャロンが苦笑いを見せる。

「私達は負け戦に参加するのか。とんだ貧乏くじだ」

それはもう申し訳ないとしか言いようがない。

「なに、いつも負け戦を戦ってきただろう？　今回も同じだ。だが、まずは軍の信頼を得ないとな……」

信頼を得る。それがどれほど難しいことか。現状武器と言えるような物はヨルバさんの推薦状くらいだろうか。

今回のミッションの難易度を考え、俺は頭が痛かった。

ニコル鉱山はそこら中に採掘の跡が見える現役の鉱山のようだ。

ところどころに枯れ木や草は生えているものの、殆ど岩山であり登頂にすら苦労するありさまだ。

俺達は傾斜の強い山を、岩を掴みながら登っていく。たまに足場が崩れることがあり、歩きやすい場所とはお世辞にも言えなかった。

「それにしても鉱山だからか穴も多いな。あんなに大きい穴だと崩れそうだ」

「流石に穴は崩れないように掘られているから大丈夫だよ」

俺の言葉に、ダイヤが返す。

登山の最中、俺は多くの坑道入口を見かけた。きっと鉱山中にアリの巣のように坑道が張り巡らされているのだろう。

急斜面を登り終え一息つくと、離れたところに多くのローデル帝国兵が居ることに気づく。どうやら辿り着いたようだ。

兵士達は槍を持ち、こちらを窺いながら近づいてくる。

「どこ所属の兵士だ?」

他より少し立派な格好をした兵士が俺達に尋ねる。

「はっ！　ガルーラン砦所属の帝国兵、シビルです！　こちらの援軍に参りました！　こちらはヨルバ様から頂いた推薦状となります。ローゼ軍の代表にお渡しいただきたい」

シビルは武器を地面に置くと、推薦状を兵士に手渡す。

「……本物のようだな。ついて来たまえ。だが、武器は全て渡してもらおう。申し訳ないが、敵兵が偽っている可能性もあるからな」

「承知しました。二人とも、悪いけどお願いできる？」

「わかったよー」

「……」

シビルは笑顔で剣を、シャロンは不承不承大剣を近くの兵士に手渡した。

「悪いね。こちらだ」

先導する兵士に連れられ、俺達はニコル鉱山山頂付近に布陣するラーゼ軍本部である天幕に辿り着いた。

まあここでヨルバ印の推薦状が効く訳だ。頼むぜ、婆さん。これだけが頼りだ。

「団長、本国から援軍が三人です。推薦者はあのヨルバ様です」

「なあにい⁉　あの婆《ばばあ》からか！」

天幕の中から大声が響く。

あれ？　イヤナヨカンガスルンダケド？

その言葉の後すぐ天幕から巨体の男が現れる。

でかい。それが男の第一印象だった。

背丈は百九十センチほどで、肩幅が広く恰幅も横に大きかった。決して太っている訳ではなく全身が筋肉で包まれていることがわかる。

金髪を短く刈り上げており、顔は日でこんがりと焼かれている。いかつい顔立ちから歴戦の兵士であることが窺えた。

そして男は、ヨルバさんからの推薦状をちらりと見ると、すぐさま破き放り投げた。

「あのクソ婆の手先だってぇ？」

男はそう言って俺を睨みつける。

おいおい、あの婆さん。何やらかしたんだよ！　逆効果じゃねえか！

全く意味をなさず散り散りになった推薦状の破片を見ながら俺は絶望していた。

隊長である男が、鋭い目線で俺達を品定めするように見た後、口を開く。

「俺はラーゼ軍隊長のドルトンだ。で、お前達は何しにここまで来たんだ？」

「メルカッツ及びラーゼ救援のために軍師として援軍に馳せ参じました」

それを聞いたドルトンは疑わしい者を見るような目を向ける。

「……そうか。俺はお前のことを知らないし、信用もしていない。そんなお前の命令に、部下の命を預ける訳にはいかねえ。わかるか？」

「なら、お話だけでも。私のスキルはきっとこの戦《いくさ》でも役に立ちます」

それを聞いたドルトンが眉を顰める。

「スキル？　俺は今まで何度も私にはこんな凄いスキルがあります、ってバカ共の話を聞いてきたぜ。スキルは所詮道具。大事なのは使う人だ。実績もねぇお前の命令なんか誰も聞きはしねぇよ」

頭が痛い話だ。正直俺は新人で実績がないのは百も承知。前回はヨルバ様の推薦が効いただけという事実を突きつけられる。

「実績というには弱いかもしれませんが、ガルーラン砦の軍師を務め、砦に襲い来るスタンピードを収めました」

ドルトンはそれを聞いて鼻で笑う。

「ガルーラン砦？　お前はあの小さいゴミ溜め出身か！　あんな所で少し魔物退治に成功したからって、数千の人間が殺し合う戦争で役に立てると思っているのか？　大人しくゴミ溜めに帰りな」

「あそこはもうゴミ溜めなんかじゃない！　今は、優秀な兵士が守る立派な砦だ！」

俺は感情的に言い返す。だが、その言葉も彼には全く響かなかった。

「ああ、そうかい。ならとっとと帰ればいい。お前らは別に要らないからな」

「私は不退転《ふたいてん》の覚悟でここに参りました。帰るつもりはありません」

「……一つ聞こう。お前はなぜ戦っている？」

ドルトンが俺に尋ねる。

「……民のためです」

俺はその言葉を聞き、悩んだ末にこう答えた。自分でも嘘っぽい言葉のように聞こえる。それを聞いたドルトンはがっかりしたような顔をした。

「どこか薄っぺらいな。皆、何かを成したくて、理由があってここに居る。その芯の部分がわからない者は信じられん。好きにしたらいいが、こちらの軍議に口を挟むなよ。三人で頑張りな」

俺は反論できなかった。俺が戦う理由とはなんだろうか。ただ、イヴが心配でここまでやってきた。取り付く島もないとはこのことだ。このままではまずい。なんとかしようと考えていると、他の将校が天幕から現れる。

「隊長、軍議のお時間です」

「今行く。じゃあな、婆の犬共」

「必ず、私の有用性を戦場で証明します。そして再びあなたのもとを訪れます。全ては勝利のために。情報を持つ者に話を聞かせていただきたい。人員を一人割くくらい許されるはずです」

「……わかった。一人だけだぞ」

嫌そうな顔をするも、これくらいは許されるようだ。

「援軍でここまで嫌われるなんて、ヨルバ様は何をされたのだ」

シャロンは呆れたように言う。

「本当にな。けどこのままじゃまずい。助力が必要なのに、信頼関係がないどころかマイナスだ」

「本当に、十日後までにラーゼ軍の信頼を得られるのか？　このままじゃローデル帝国が負けるぞ」

「情報を集め、考えよう。圧倒的に情報が足りない」

このままじゃイヴが……。だが、絶対に諦めない！　諦めが悪いのが取り柄なんだ。

シャロンと話していると、二十代の若い兵士がやってきた。だが、服装を見るに末端の兵士ではないようだ。

「こんにちは。コールマンと言います。いやあ、隊長がすみません。あの人ヨルバ様が嫌いでねえ。情報でしたっけ。答えられることなら答えますよ」

コールマンは柔らかな笑顔で応える。ドルトンよりよっぽど常識人だ。

「シビルと言います。では早速。なぜあんな嫌っているんですか？」

「若い頃に、ヨルバ様にきついお灸を据えられたらしいですよ。詳細は話してくれないからわかりませんが」

ヨルバ様って俺のときもそうだけど、結構無茶するもんなあ。

「なるほど。私はまだ詳細を伺ってないのですが、今回の戦の原因はなんなのですか？」

「原因はラーゼ領にあるニコル鉱山から金《きん》が出たことなんですよ」

コールマンは苦々しい声色で言う。

「確かに金は価値があると思いますが、戦争の原因になるほどですか？」

俺の言葉を聞き、コールマンは僅かに眉尻を上げる。

「……そうなんですよ」

一瞬間があった気がする。怪しいぞ、コールマン。別に理由あるだろ、これ。

『今回の戦の原因はニコル鉱山から金が出たこと？』

『ノー』

ノーなのか。一体何が原因なんだ？

「コールマンさん、金が原因ではないですね？　私は嘘を見分けるスキルがあります」

それを聞いたコールマンが両手を上げる。

「降参です。軍師だけあって、戦闘系のスキルじゃありませんでしたか」

「何が原因ですか？」

「金以外の何が出たと思います？」

質問を質問で返すなと言いたいが、おとなしく考える。

『銀が出た？』

『ノー』

『銅が出た？』

『ノー』

うーん、わからん。鉱山だから、鉱物だとは思うんだが。

『プラチナ？』

『ノー』

『ミスリル？』

『イエス』

ニコル鉱山から出たのはミスリルか！

俺はその瞬間に戦争の原因を理解した。ミスリルとは魔力伝導率の高い特殊金属だ。銀のように美しくいつまでも曇ることはない。ミスリルで打たれた武器はその強さと美しさから驚くべき値段で取引される。

「ニコル鉱山から出たのは……ミスリル鉱ですね」

それを聞いたコールマンは息を呑んだ。

「参りました。ただ嘘がわかるだけではないようですね。この情報はラーゼ領でも上層部しか知りません。一般には金が出たと伝えてあるのです」

コールマン、意外と上官だったのか。

「今回の戦は、ミスリルが原因なんですね」

「はい。勿論他にも鉱物は出てますが、アルテミアの奴等がどこからかミスリルの情報を嗅ぎつけたらしく。ミスリルと聞いた瞬間、ニコル鉱山はアルテミアの領土と主張してきたんですよ」

忌々しげにコールマンが溜息を吐く。

ラーゼ領はアルテミア王国のマティアス領に接しているが、その国境付近にあるニコル鉱山からミスリルが出たようだ。どこからかその情報を嗅ぎつけたマティアス領のマリガン子爵がニコル鉱山の所有権を主張し始めたらしい。マリガン子爵曰く、鉱山の麓はマティアス領であり、所有権はうちにもある、鉱山の土地は譲っているのだから獲れるミスリルはこちらによこせということのようだ。

当然そんな暴論を聞き入れる訳もなく、戦争になったようだ。

「元々うちとマティアス領は仲が悪いんですが、これほどの大戦になったのは初めてです」

『それにしても人の欲ってのは限りがねえなあ。食べ物に困ってるって訳でもないのに、たかが石ころのために殺し合うってんだから怖えぜ』

ランドールが呆れたように言う。

『人ってのは、愚かなものなんだよ』

『知ってるさ。俺は今まで馬鹿な貴族たちの間を回ってたんだからな』

『それもそうか』

ランドールは昔酷い目に遭ったためか貴族が嫌いなようだ。

「ありがとうございます。原因についてはわかりました。戦況も伺ってよいですか？」

これも大事だ。今どういう状況かわからずに援護などできるはずもない。

コールマンは少し悩む素振りを見せるも最後は地図を出してくれた。現状を説明してくれるようだ。

「あまり教えたら怒られそうなんですけど。少し、貴方を信じてみたくなりました。今回の主戦場は勿論ミスリルの出たニコル鉱山です。お互いけん制していて小競り合いが続いています。敵である隣のマティアス領からはマティアス軍三千が布陣しています。こちらは帝国騎士団五百を合わせ三千。こちらが守勢というのもあり最近までは優勢でした。だが、ロックウッド領の軍三千の参入により均衡が崩れるでしょう。奴等は個の質でもおそらく我らと同等の強さを持っています」

ロックウッド軍は確かに精鋭といえる強さを持っているだろう。そして人数も三千対六千。倍の差である。かなり厳しいのがこれだけでわかる。いくら守る側といえどもだ。

「ミスリル鉱の取れる発掘場に繋がる大きな三つの道があります。この三つの道が今回の主な戦場になるでしょう。この道はどこも最後は合流して一つの道になります。その合流地点の先を我々は守護しています。ここなら一つの道で待ち受けるだけで良いですから」

なるほど。確かに分岐点付近で争うより安全だろう。

「敵がどの道から来るかは不明ですか？」

「中央でしょうね。中央通路が最も広く陣を敷きやすいので」

「わかりました。ありがとうございます。後で見てきます」

話していると、天幕に急いだ兵士が入っていく。何かあったのか？

「シビルさん、少し失礼します」

コールマンも異常を察したのか、天幕に向かっていった。

俺達は、天幕の隙間から中を覗き見する。教えてくれそうにないから仕方ないね。

「付近の村が焼かれ住人がメルカッツに逃げ込んだそうです！　相手はロックウッド軍！　おそらくもう奴等は近くに居ます！」

兵士の報告を受け、皆の顔が引き締まる。戦では村から食料が略奪されることは少なくない。皆どこか仕方ないと諦めていた。

「そうか……大量の村人がメルカッツにやってきただろう。丁重に扱ってやってくれ」

ドルトンがそう言うと、兵士の顔が曇る。

「どうかしたのか？」

「そ、それが……ロックウッドの鬼畜共は……村を焼いたばかりか、村人を殆ど皆殺しにしたそうです！　生き残りは一人だけ、おそらく十以上の村が犠牲に」

その報告を受けたドルトンを含めた皆の顔が怒りに染まる。

「ふ、ふざけるな！　戦中だ。食料の強奪は仕方あるまい。だが！　戦えない村人を虐殺するメリットはないはずだ！」

「わかりません。だが、皆、殺されてしまったようです」

「そこまで堕ちたか、ロックウッド家！　必ず民の仇は取るぞ、お前達！」

「勿論です、ドルトンさん！」

ロックウッド家の虐殺は大きくローデル帝国軍の怒りをかった。示威行為のつもりだったら逆効果だろう。

「ハイル、お前はどこまで……」

堕ちていくんだ、という言葉をなんとか飲み込んだ。兄として、引導を渡すときが来たのかもしれない。いつから歪んでしまったのか。昔を思い出すと、やはりスキル『剣聖』を得たときからだろう。

子供には過ぎた力だったのだ。

俺は、天幕を離れ今後について考える。

やはり隊長であるドルトンに認められなければ、勝利は不可能だろう。

なぜ戦うのか。

ドルトンは俺にそう尋ねた。

あの人が納得する理由をメーティスで考えれば……。いや、違う。この質問はあの人にとって大事なものなんだ。ならば、真剣に考えて答えるべきだ。

俺は元々戦いが嫌いだ。

いつの間にか戦いの渦に巻き込まれ、気づいたら軍人だ。

初めてのオークとの戦いはネオンを、グランクロコダイルとの戦いはイヴを守りたくて戦った。ただ必死で。

そこに理由はあったのか？

俺はよくわからなくなった。

駄目だ。しばらく考えていたが、はっきりとした答えは思いつかない。

やはり、個人で戦うか？

だが、俺達三人がイヴを守れるのか？

『俺達三人だけでイヴを守れる？』

『ノー』

既に知っていた回答が無情にも返ってきた。

「どうするんだ？」

シャロンが尋ねる。

「少しでも協力してくれる人が居れば、変わるかもしれない。ガルーラン砦でもそうだったからな。声をかけてみよう」

俺はそう思い立つと、まずは挨拶から始めることにした。

信頼関係は一日にしてならずだろう。

早速近くに居た兵士に声をかける。

「こんにちは！　こちらに援軍としてやってきたシビルと言います。よろしくお願いします！」

「あ、ああ……」

だが、目が合うと露骨に目を逸らされて逃げられる。

え？　めっちゃ嫌われてない？

シャイなのか？

俺は気にせず、他の兵士にも声をかける。

「こんにちは！　こちらに援軍にやってき――」

だが、次の者に至っては目も合わせずに逃げられてしまった。

明らかにおかしい。

周囲を見渡すと、こちらを遠目に見ている兵士が一人居た。

「こんにちは！　援軍としてやってきたシビルと言います。よろしくお願いいたします」

「ああ……よろしく」

ようやくまともな返事が返ってきた。

「良かった！　ようやくまともな返事がもらえた。皆にスルーされて困ってたんだ」

俺は笑顔で返す。

「だろうな。俺達は正直今崖っぷちなんだ。余裕がねえ。お前みたいな若造の軍師なんて相手にしてる余裕がな」

だが、兵士から返ってきたのは厳しい反応だった。

「隊長からお前達のことは聞いてる。相手にするな、とな。俺達の邪魔だけはしないでくれ」

兵士はただそう言って去っていった。

信頼関係どころじゃない、か。

俺は少しうぬぼれていたのかもしれない。

言葉くらいは聞いてもらえると。

だが、ヨルバさんの口利きの効果がないとこんなものなのだ。

みじめだなあ。

俺は血が滲むくらい力強く手を握る。

誰も信じてくれない、というのはやはりこたえるな。

動かない頭を必死に動かそうとしていると、背中を力強く叩かれる。

「いてっ！」

「落ち着け。助けるんだろう？　前回もお前はその行動で皆の心を解かしたんだ。今回もできるはずだ。真の騎士なんだからな」

シャロンは微笑む。

シャロンに言われて気づく。俺はいつだって、行動で示してきたじゃないか。

だからこそ、ガルーラン砦の皆だって、最後には俺を信じてくれた。

なら、今回もやることは一つ。

「ありがとう、シャロン。目が覚めたぜ。俺達は行動で証明しようか」

「何をだ？」

「俺達が優秀で、この戦いになくてはならない存在であることをだ！　俺達の援護で、ローデル帝国軍を窮地から救う！」

それを聞いたシャロンが笑う。

「なるほど。この手で有用性を証明するという訳か。面白そうだ。大敗するのはわかっている訳だからな。いつ大敗するかもシビルなら……」

「そう、俺ならわかる。ただの大敗には絶対にさせない。絶体絶命のピンチ……俺達がひっくり返す！　ドルトンに俺達の凄さを見せつけてやろう」

俺は拳を強く握り締める。人の話も聞かずに打ち捨てやがって。後悔させてやる。

『ローデル帝国軍が大敗する日は五日以内？』

『イエス』

どうやらすぐに大敗するらしい。もうロックウッド軍がすぐそこまで来ている。流石に人数差で敗北するのか？

『それは五日後？』

『ノー』

『それは四日後？』

『イエス』

四日後か。我が軍の窮地を俺達たった三人で救う。普通に考えれば不可能だろう。そんなことを少人数でできるなんてまさしく英雄だ。

だが、不可能を可能にしてこそ信を得られるのだ。

「ガルーラン砦の軍師を舐めるなよ」

俺は獰猛に笑う。

『へっへっへ！　雑草根性を舐めんなよ、ってな！　あのデカブツに策ってやつを見せつけてやろうぜ！』

ランドールが笑う。

『ああ。度肝を抜いてやる』

俺はしばらくメーティスに尋ねて情報を手に入れた結果、一度下山することを決意した。

「えっ、主戦場見に行く訳じゃないの？　なんで商人？」

一度、商人に会うために街に行くと伝えた俺にダイヤが疑問を持つ。

「勿論見に行くが、この戦い、人数差を考えると他にも策は必要だ。少しだけ仕込みに行く」

「悪い顔してるねえ、シビル。相当腹が立ったのかな？」

「ああ。あいつの目が節穴ってことを教えてやんよ」

そう言いつつも、俺はドルトンの問いが忘れられなかった。俺はなんのために戦うのか。

俺はもう答えを持っている気がするんだけど、うまく言葉にできないようなもどかしさを覚える。

その答えが出たとき、俺は更に未来を見据えて動ける気がした。

俺は下山して複数の商人と会った後、主戦場を見るために再びニコル鉱山に戻る。作業と往復に三日が費やされた。その間、既にロックウッド軍との小競り合いがあったようだ。

明日、危険が迫っていることをドルトンに伝えようと思ったが、門前払いされてしまった。一応兵士の一人に伝えたが意味はないだろう。

主戦場の一本道にローデル軍が布陣しており、その先は三つのわかれ道が続いている。確かに中央の道が最も広く主戦場になるのもわかる。

「メーティスに尋ねたが、おそらくこの分岐点付近での戦いになる。俺達はこの岩山を登る」

俺が指差した先は、絶壁と言える。ほぼ垂直である。中央路付近にある岩壁だ。

「え、冗談だよね？　こんなの登山家でも登れないよ。だから高地なのにうちの軍が上ってないんでしょう？」

ダイヤが苦笑いをする。高さは十メートル以上あり、ほぼ突起物もなく登り方も不明だ。

「確かに命がけだと思う。普通は登れないし、登ろうとも思わんだろう。だからこそ、敵も味方も予測できないだろう？」

「まあそうだろうけど……こんなの登れなくない？」

「いや、できる。ダイヤ、お前が居れば。確か土も石も大枠では同じはずだ。その理屈でいけばダイヤの土魔法で岩も変形、生成できるだろう？」

「まあ確かにできるけど。サイズの問題だからね。けど魔力消費量が大きく違う――」

俺は両手でダイヤの肩を掴む。

「なら土変形でこの絶壁に取っ手を生み出すことができるよな？　それを登る。その後でただの絶壁に戻せば誰にもばれないはずだ」

「わかったよ。まさか命がけで壁を登ることになるなんて……」

「今日登る。勝負所は明日だからな」

「それはわかったが、ここに登る目的はやはりあの山のように巨大な岩か？」

シャロンが俺に尋ねる。

「その通り、俺達少数の力じゃ戦場で埋もれてしまい、この大戦の流れを変えることはできないだろう。だから自然の力を使うのさ」

絶壁の先には、直径二十メートルを超える大岩があった。

「確かにあの大岩を戦場に落とせれば大打撃は与えられるだろうが……あんなの落とす気なら何十人必要かわからんぞ。私達だけじゃとても無理だ」

シャロンの言う通り、この大岩を転がすのは三人では無理だろう。

「策はある。これならどうだ？」

俺は二人に策を話す。

「それならいけるかも！　流石！」

ダイヤが驚きながらはしゃいでいる。

「よくそんなこと思いつくな。呆れるよ」

シャロンは呆れながらも笑う。

「では登ろうか」

ダイヤが両手を壁につけ、魔法で壁に凹みを等間隔で生み出す。少しずつ凹みが最上部まで生み出されていった。

「もうちょっと掴みやすくできないか？　普通の凹みの下にも穴を開けてほしい」

俺は凹みの一つを掴んだ後感想を言う。

「わかったよ。強度も上げないと崩れちゃうし、意外と難しいね」

ダイヤが四苦八苦しながらなんとかベストな凹みを生み出した。ガルーラン砦の毎日の活動を受け、変形速度も量も以前より格段に上達している。

「できたと思う。登ろうか」

こうして俺達は壁登りを始める。ダイヤの作った凹みは中々掴みやすく安定していた。

「怖いねえ。それにしてもシビルと戦い始めてから剣より、土木作業の方が多いよ僕は」

「土魔法使いは工兵の方が向いているんだから、それでいいんだよ」

「確かにね」

こうして俺達は絶壁を登り切った。ダイヤに凹みを元に戻してもらい登った痕跡も隠滅する。

俺は今一度巨大な岩のもとへ向かい、確認を行う。これなら、転がし落とすこともできる。メーティスに落とせることも確認済だ。

「後は明日を待つだけだ」

「はーい」

今後の展開をメーティスに細かく尋ねながら、最も効果的な方法を練って時間を過ごした。

月だけが皓々と俺達を照らす夜、俺は物思いにふける。

「明日はロックウッド軍との戦いか……」

「家族とは戦い辛いか？」

俺の呟きに横になっていたシャロンが言葉を返す。

「そんなことは……いや、嘘だな。きっと戦いたくはないんだと思う。ロックウッド軍の兵士達には知っている顔も多い。彼等からすれば俺こそが裏切者だ」

「詳細は聞いてないが、お前は裏切るような人間じゃないだろう？　むしろ領地のために必死で働いてそうだぞ」

「必死で働いてたんだけどね、結局追い出されちゃったよ。けど、明日は元仲間だからといって、手加減はしない」

俺は自分に言い聞かせるように言った。

躊躇はしない。俺は薄い毛布に包まれながら、絶壁の上で眠りについた。

◇◇◇

シビルが眠りにつく少し前、ドルトン達ローデル軍の主要将校達は天幕で軍議を行っていた。

「ここ数日、人数差があるにもかかわらず我等は互角以上に戦えております！」

「所詮は農民しか殺すことのできん腰抜け共よ！」

将校達が息巻くように話し合う。

「ロックウッド軍はここ数日、肩を慣らしているだけだ。油断はするな。そろそろ、本気で来るはずだ」

ドルトンが冷静に皆に告げる。

「「はっ！」」

「ドルトン様、最近あいつらを見ませんな。援軍としてやってきた三人組です。すごすごと帰ったのでしょうか？」

「あいつらなど気にするな。俺達でローデル軍の武威を見せつける」

「あいつら？　援軍が来ていたのか？」

尋ねたのは二十代後半の女性マルティナ。

帝国騎士団の紋章を刻まれた鎧を纏い、綺麗な金髪を一つ結びにして後ろに流している。

「マルティナさん、ガルーラン砦から三人だけ援軍が来ていたのだ。一人は軍師だ。若い軍師など信用もできんので、自由にさせている」

マルティナは帝国から派遣された帝国騎士団の隊長である。

「報告してもらわねば困る。情報は些細なことでも必ず共有してくれ。我々は連合軍なのだからな」

「すまなかった。明日はよろしく頼む」

マルティナは謎の三人が少しだけ気になったが、結局それ以上言及しなかった。

優秀であれば帝国騎士団に入団しているだろうし、なによりガルーラン砦の悪名を知っていたからだ。

そのまま軍議は解散となった。

◇◇◇

翌日、朝から激しい銅鑼《どら》の音で目を覚ます。俺は体を起こすと、既に陣形を組み終わっている両軍を岩壁の上から見下ろした。

「この規模の戦を見るのは初めてだ」

と呟く。敵軍はロックウッド軍と、マティアス軍の連合軍だ。数は五千以上は居るのだろう。こちらを大きく上回っている。

連合軍は勿論中央通路に陣を構えている。

皆、殺気立っていることがここからも感じられた。

こちら側は一本道に陣を構えているが、人数は三千なので少なく見える。有利なのは高地を取っていることだろう。そのため弓兵も多く、高低差を活かして戦うつもりであることが見て取れる。

そしてなにより先日のロックウッド軍の虐殺で士気が高い。

「ロックウッド軍を討ち、今こそ民の仇を討つのだ！　奴等のような畜生共に我ら誇り高きローデル帝国軍が負けるはずもない！」

「「「民の仇を！」」」

ローデル帝国軍は両手を上げ、叫ぶ。

「凄い士気だね。これなら少しくらいの戦力差なら勝ちそうだけど」

ダイヤが言う。確かに、俺もそう見える。だが、負けるらしい。

「お前ら、ロックウッド軍が動くぞ。いつでも動けるようにしろよ」

シャロンが剣を持ちながら言う。

「腰抜け共に、ロックウッド軍の強さを教えてやれ！　突撃だあああ！」

「「「おおおおおおお！」」」

指揮官の叫びと共に、尖兵であろうロックウッド騎兵達が一斉に飛び出してローデル帝国軍に襲い掛かる。

五百を超える軍による突撃は凄まじい轟音を響かせる。俺はその迫力に息を呑んだ。

「弓兵、放てェ！」

こちらは弓矢を放ち応戦する。こうして戦が始まった。

「弓矢ごときで、勇猛なロックウッド軍が止まるものか！」

矢をうけて何人もの兵士達が馬から転がり落ちるも、ロックウッド軍は止まらない。帝国軍は拒馬《きょば》という柵を前方に置いており、多くの馬がその柵にぶつかり兵士達はそのまま吹き飛ばされ宙に舞う。

だが、一部の精鋭達は拒馬を飛び越え、そのまま斬り込んだ。

「舐めるなあ！」

激しい攻防が始まった。だが、高地の利もあるうえに士気も高い帝国軍が徐々に優勢になっていく。

「ロックウッド軍もこの程度か！　所詮は農民しか殺せない雑魚だったのだ！」

勝機を感じ取ったのか、帝国軍が勢い付く。

その中でも猛威を振るっていたのは大剣を振るいロックウッド軍を吹き飛ばす大男ドルトンだった。

馬上から繰り出されるその一撃は歩兵からすれば恐怖の対象だろう。

「この鉱山はこの領の未来だ……必ず守る！　お前達のような略奪者には指一本触れさせん！」

その大剣が振るわれるたびに敵が宙を舞う。その勢いに帝国軍は更に勢い付き、敵軍は動きが鈍くなる。

「だらしねえな、お前等。どけ」

そう言って、ロックウッド軍から出てきたのは立派な馬に乗った我が弟ハイル・ロックウッド。

「子供とて容赦はせんぞ？」

「はは、笑わせるぜ。お前もすぐに殺して吊るしてやるよ。あの愚かな農民達のようにな」

嘲るようにハイルが言う。

それを聞いたドルトンの顔が真っ赤に染まり、鬼のような形相で叫ぶ。

「貴様……！　その首、へし折ってくれる！」

怒号と共に、馬を駆るドルトン。それに従うように帝国軍の騎馬隊もハイル達めがけて突撃する。

ドルトンは馬の勢いそのままにハイルに向けて、垂直に大剣を振り下ろす。

「ふん」

それに合わせるようにハイルは剣を抜くと、その一撃を正面から受け止めた。

二人の魔力がぶつかり、爆ぜる。

その衝撃は拡散され、周囲の兵士が両断される。

「やばいぞ、離れろ！」

ドルトンは顔色を変えずに、連撃で畳みかける。軽々と受けているように見えたハイルだが、ドルトンの一撃に剣を大きく弾かれる。

「ちっ、脳筋が……！　一旦下がるぞ」

不快そうな顔をしたハイルが後方に下がろうと馬を動かす。

それに合わせロックウッド軍は元来た道を戻り始める。

「逃がすな、背を討て！」

帝国軍はその背を追い、襲い掛かる。

「シビル、こっち勝ってない？」

「おかしいな。まあ良いことなんだけど」

どんどん撤退していくロックウッド軍を追い全軍で攻めあがる。いつの間にか帝国軍は分岐点を大きく越え中央通路に入っていた。

絶壁の上で見ていた俺は、ここで初めて異変に気づく。

「違う、これは誘いだ……！　帝国軍は攻め入りすぎている！」

俺達のいる岩山からは、右通路から攻めあがっているマティアス軍の姿が見えた。その数は千近い。

マティアス軍は時間差で別動隊を右側から動かし、帝国軍の背後を狙っていた。既にその別動隊は分岐点直前まで来ている。

「馬鹿なおっさんだぜ。まんまとひっかかりやがって。これだから単細胞は」

ハイルは馬鹿にするようにドルトンを見て笑う。

「な……まさかこれは誘いか？」

ドルトンは背後を見るが、既に遅かった。

「馬鹿共の背後を狙え！　今こそ我らの武威を示すのだ！」

マティアス軍の指揮官の叫び声と共に、千の軍が一斉に帝国軍の背後から襲い掛かる。

「えっ、後ろから!?」

「なぜこんなことにっ!?」

背後から襲われている帝国軍は突然の出来事にパニックになって次々と討たれていく。

さっきまで逃げていた連合軍も、下がることを止め一気に攻めあがる。

「帝国の馬鹿共が！　まんまと釣られやがって！」

どんどん帝国軍の数が減っていく。

ドルトンは血走った目で、歯を食いしばる。

「誘いだったか……！　お前ら、ここは正念場だ！　活路は前だ！　突破しろ！」

ドルトンは叫び敵を斬り倒すも、帝国軍の勢いは失われているように感じた。

「全てうちがもらってやるよ。安心して死ね。金くらい渡せばいいのによ。欲の皮が突っ張ってるから死ぬんだぜ？」

ハイルが笑う。

「お前に何がわかる！　この鉱山の重みを……！　ここは希望なのだ。我が領の、未来の！」

ドルトンは重々しく言い切った。その言葉の重みに一瞬ロックウッド軍の兵士達が息を呑む。

ドルトンは突破口を作るため、自ら先陣を切ってロックウッド軍に突撃する。

「シビル！」

ダイヤが心配そうな顔で俺の目を見て叫ぶ。

「待て……今だ！　やってくれ！　狙うはあそこだ」

俺が指差した先はマティアス軍の別動隊である。皆を早く救わなければ。

ダイヤは地面に手を当て、巨大な岩が置かれている平らな地面を斜めに変形させた。それによりバランスを崩した巨大岩はどうなるのか。

もちろん転がり落ちる。

急斜面となった大きな絶壁にあった巨大岩は凄まじい勢いで転がり、マティアス軍の別動隊に襲い掛かった。

「うわあああ！」

マティアス軍はその直径二十メートルを優に超える巨大岩の落下に、叫び声を上げそのまま叩き潰された。

完全に勝ちを確信していたマティアス軍はその巨大岩の襲撃に混乱する。半分以上が今の岩で戦闘不能になっただろう。

「ローデル帝国軍の戦士達よ！　マティアスの別動隊は半分以上を今の岩で失った！　活路は後ろだ！」

俺は叫ぶ。

帝国軍は馬鹿ではない。この窮地を突破するにはこのタイミングしかないことに気づいていた。

「後ろを攻めろ！　奴等も混乱している！」

指揮している将官の命令と共に、後方の別動隊に襲い掛かる。

「私は別動隊の指揮官を狙う。援護は任せた」

シャロンはそう言うと共に、急斜面を走り降りる。その先には他より立派な甲冑を身に纏っている別動隊の指揮官が居た。

「男らしいねえ。ダイヤ、このままじゃ届かない。少し先を伸ばしてやってくれ」

「はーい」

ダイヤは手を地面に当てると、急斜面の先を盛り上げてジャンプ台を作る。シャロンはそのまま凄まじい速度で跳びあがると、指揮官目掛けて襲い掛かる。

「舐めるな！　串刺しにしてやれ！」

混乱の中でも、上官を守ろうと周囲の兵士が槍を構える。

「うちの勇敢な騎士を援護しないとな」

俺は弓を構えると、魔力で矢を二本生みだし番《つが》える。そして、周囲の兵士の頭部を撃ち抜いた。

「良い援護だ、シビル！」

そのままシャロンはその大剣で指揮官を叩き斬った。

「隊長――――！」

指揮官を失った兵士が叫ぶ。

「指揮官は討ち取った！　後は、烏合の衆だ！　殲滅しろ！」

シャロンの言葉に呼応し、残った別動隊を仕留めるために帝国軍が襲い掛かる。混乱した別動隊は
そのまま散り散りに逃げ去った。

「背後は仕留めた！　憂いはない。このまま戦え！」

挟撃状態《きょうげきじょうたい》をなんとか終わらせた帝国軍はそのまま前方と戦い始める。

敵の連合軍も別動隊の敗北に動揺したのか勢いを失っている。

イヴはどこだ？

戦場を見渡すと、少し前方で果敢にそのレイピアを振るうイヴの姿があった。

緩く巻かれた美しい金髪を靡かせ、その赤い眼光は敵を見据えている。

白を基調とした服を身に纏い、お姫様のように綺麗な少女。

だが、中身は誰よりも正義感に溢れる騎士、それがイヴ・ノースガルドだった。

味方を庇いながらも多くの敵をそのレイピアで射抜く。

「その女を止めろ！」

上官の命令を聞き、ロックウッド軍の兵士がイヴに掴みかかる。

「ぐっ……！」

レイピアを持つ右手を掴まれたイヴの顔が歪む。

俺は無意識に矢を番えると、イヴの手を掴む兵士に向けて構える。

「汚い手で……イヴに触れるな！」

俺の放った矢はイヴの手を掴んでいた兵士の眉間を撃ち抜く。

「す、凄腕の射手が居るぞ！」

「どこから狙ってやがる⁉」

突然放たれた遠距離からの矢にロックウッド軍からはどよめきが起こる。

そして一人の兵士が俺に気づいたのかこちらを指差す。

「あれじゃないか？　絶壁の上に立ってるぞ！」

「馬鹿言え！　あの距離で、眉間を射抜くなんて……」

「それに……あの顔、シビル様じゃないか？」

やはり気づかれたか。隠すつもりもないんだけどね。

「追放され、ローデル帝国に入っていたのか！」

そして、イヴも俺に気づいたのか大きく口を空けて笑う。

「シビル！」

「帝国軍所属、シビル。只今援軍に参上しました」

俺ははっきりと名乗りを上げた。

「そして、俺に見とれてていいのか連合軍よ。鬼が暴れているぞ？」

そう。活路は後ろだと考え直したドルトンが大剣を振り回し、背後の別動隊に襲い掛かる。

「あれは……あの軍師か」

ドルトンはそう呟くと、すぐに再び別動隊に目を向ける。既に敵は撤退し始めている。

そのままその日の戦いは終結を迎えた。

「なんとか全滅は防いだな」

俺は残った帝国軍を見て呟く。

「けど……結構やられちゃったね」

ダイヤの言葉に頷く。千人ほどやられた。こちらの大岩での襲撃を入れれば相手の損害も千人ほどだろう。

「厳しいな。けどイヴを助けたときわかった。なぜ俺が戦うのか……」

俺はなぜ戦いが好きでもないのに戦っていたのか。その答えが。

どちらにしても今日はもう終わりだ。イヴに挨拶に行こう。

俺は絶壁を降りると、イヴのもとへ向かう。

「イヴ、久しぶりだね」

俺の声を聞き、振り返るイヴ。前に会ったときと変わらない可愛らしい笑顔を向けてくれる。

「シビル！　どうしてここに!?」

「軍師として、援軍として馳せ参じました」

俺はそう言って、イヴに敬礼する。

「そうなんだ！　さっきの援護もシビルだよね。弓も上手くなって……すっかり立派な軍人さんだね」

こんな弾けるような笑顔で言われたらランドールのおかげなんて言い辛いな。

いや、武器の性能も含めて兵士としての実力だな、うん！

「シビル、イヴさんが心配でここまで来たんだよ！　上官に掛け合ってまで」

突然、ダイヤが口を出す。

「馬鹿！　余計なこと言うな！」

「ええ!?　そうなの？」

「う、うん……まあ、そうだね」

俺はイヴの目線に耐えられず、目を逸らしながら言う。

「もう。気持ちは嬉しいけど、私はただ守られるだけの女の子じゃないんだよ？　民を守る騎士なんだから」

少しだけ呆れるようにイヴに言われる。

そう、命をかけて戦う騎士からしたら守ろうとするのは侮辱かもしれない。

「ごめん、けど……」

俺はその先を言いよどむ。

本人に、君が死ぬことがわかったから、なんてとてもじゃないが言えない。

だが、俺の顔を見て、イヴは察する。

「何か、神解でわかったの？」

「ああ。このままじゃ君も、他の皆も殺されてしまう」

俺の言葉を聞いたイヴは驚いた表情を浮かべた後、自らの口を押さえる。

沈黙が流れる。当たり前だ。いきなりあなたは死にます、なんて言われて冷静になれる人は居ない。

だが、ただそれを聞いて泣くような人じゃない。彼女は……。

「そう、なんだ……。けど、わかるよね？」

覚悟の決まった顔でこちらを見据える。

そう、彼女はその事実を知っても民のために、ラーゼ軍のために戦う。そんな人だ。

そしてそんな彼女だからこそ、俺は守りたいのだ。

「君は戦うんだろ？　知ってるさ。その未来を変えるために俺が来たんだ。共に戦おう」

「ありがとう、シビル。強くなったんだね。頼りにしてる。デルクールを、私を助けてくれた英雄だもの」

未来は変えられる。

必ずや勝利を。そしてイヴを守ってみせる。

イヴと別れた後、俺達は今後の話をするためにラーゼ軍の居る天幕へ向かう。

こちらの本営である天幕に入ると、多くの将校が苦い顔で話し合っている。

「あれが先ほどの巨大岩を落とした軍師か……」

将校達がこちらを見ながら呟く。

俺の顔を見て、ドルトンが苦い顔に変わる。

「来たか」

「証明できたでしょう？」

俺は不敵に笑う。ドルトンはしばし沈黙するも、やがて口を開く。

「……ああ。助かった」

振り絞るような声だが、確かに認めた。

「良かったです。今一度ご挨拶を。ヨルバ様の命を受け、ガルーラン砦から援軍に参りました。シビルと申します。なんとか全滅は免れました。ですが、こちらの不利は変わりありません。全力で事態にあたりましょう。戦はまだ終わっていません」

それを聞いていた女性がこちらに歩いてきた。

「君はあの巨大岩で救ってくれた軍師か。助かった。あのまま終わるかと思ったよ。私はマルティナ。帝国第三騎士団第一大隊副隊長をしている。今回の援軍の隊長も兼ねている。よろしく頼む」

称号長すぎてよくわかんねえな。援軍として派遣された帝国軍の隊長だな、完全に理解した。

マルティナさんは、金髪のポニーテールの長身の女性だ。すらっとしているが、全身鍛えられていることがわかる。

「こちらこそよろしくお願いいたします」

俺は丁寧に頭を下げた。彼女とドルトンの助力が勝利のために、そしてイヴの命を救うために必要なのだ。

「それにしても良い策だった。優れた軍師が来てくれたことは大変うれしく思う」

「ありがとうございます。ここの将校の方々には私のスキルをお伝えします。私のスキルは『神解《メーティス》』。イエスかノーで判断できることならなんでもわかります。これを使えば相手の動向など様々なことを知ることが可能です」

俺は簡単にメーティスについて説明する。もはや慣れたものだ。

「なるほど。それで事前にあそこで待ち構えることが可能だった訳か。一つ聞きたい。お前はこちらがこうなることまで予期していたのか？」

将校の一人が鋭い目でこちらを尋ねる。知ってて言わなかったのか疑ってますね、これは。

「ドルトン隊長の天幕に向かい、伝えようと試みましたが門前払いにあいました。兵士の一人に伝えたのですが、届かなかったようです。情報は誰が伝えるかが大事です。昨日時点では信を得ていない私の言葉は誰の心にも届かないでしょう」

「なんだ、その態度は！」

怒鳴る将校をドルトンが手で止める。

「止めろ。シビルの言う通りだ。どの程度まで予知できるんだ？」

「いつ敵が攻めてくるのか。人数、兵の種類、ある程度の強さも測れるはずです。その情報の重要性は皆様もわかるはずです。あらかじめ対応策を用意しておけば、人数差は厳しいですが戦えるはずです。皆様の力をお貸しいただきたい」

そう言って、俺は頭を下げる。

「勿論。こちらこそ力を貸していただきたい。正直このままじゃ厳しい。それは二千対五千になった時点で皆思っているはずだ。だが、相手の動きを予測できるなら大きなアドバンテージとなる」

マルティナさんが手を差し出す。俺はそれを握り返した。

「……この間はすまなかったな。力を貸してくれ」

ドルトンも頭を下げた。

「こちらこそ、力を貸してください。皆帝国を守りたい気持ちは同じはずです」

こうして俺は行動で信頼を勝ち取った。俺に実績があれば無駄な犠牲は減らせただろう。俺はこのとき、権力も必要なのだと感じた。

その後、夜遅くまで明日以降の予測や戦略について話し合う。メーティスさんが言うには、明日戦いはなさそうだ。敵も今後の方針について話すのだろう。

軍議の解散後、俺はドルトンを呼び止める。

「なぜ戦っているのか、俺に尋ねたことを覚えてますか？」

「……ああ」

「俺は、俺のために戦っています。俺が大切な人を守るために。世界や民を守るなんて大それたものではありません。俺が大切な人に死んでほしくないから、戦うんです。既に軍にも大切な人が沢山います。彼らを守るために……。軍人としては失格な、答えです」

俺はドルトンにそう答えた。

この答えが正解かなんてわからない。軍人として、民を守るために頑張っているドルトンからすれば許せない答えかもしれない。だが、これが俺の答えだった。

イブや、ネオン。シャロンやダイヤ、そして砦の皆。大事な人が危険な場所に居て、それを守る力があるなら守りたい。

「確かに軍人失格だな」

ドルトンはそう言った。

やはりまずかったか？

俺はドルトンの顔に目を向ける。

だが、ドルトンは僅かに笑っていた。初めての笑みだった。

「だが、一個人としては……俺はそんな正直な君を好ましく思う。人によって大切なものは勿論異なるだろう。恋人であったり、子供であったり、家族であったり。そして民であったり。だが、自分のために大切な人を守ると言った君を信頼する。君に背中を任せよう。君の大切な者を守るために、その力を振るうがいい。我が軍師よ」

「ありがとうございます！」

「君にだけ理由を言わせるのはフェアじゃないな。俺はラーゼ領の民のために戦っている。民のためを思うのなら、鉱山くらい譲ればいいのに、と思うか？」

「い、いえ。そんなことは……」

だが、金は命に代えられないのも確かだ。

「ニコル鉱山からミスリル鉱が出た。あれは我が領の希望なのだ。君はメルカッツに行ったことがあるか？　他より発達が遅れていると思わなかったか？」

「まあ、少し」

「ラーゼ領は代々貧しい。特に特産品もなければ、今までニコル鉱山からろくに鉱物も採れなかったからな。領民達も皆質素な生活を送っている。うちにも学校があるが、現状では裕福な一部の子供が通えるだけ。だが、今回のミスリル鉱の財で領主様がお金のない子達も学校に通えるようにするとおっしゃった。このミスリル鉱は我々の希望、未来そのものなのだ。決して奪わせる訳にはいかん！　たとえ、この命に代えてもな！」

ドルトンは真剣に、そう断言した。

そうか……。皆、何かを背負っている。彼は領の未来を背負っていたのだ。

ドルトンは手を伸ばしてきた。俺はその手を取った。

「はい。必ず勝ちましょう……必ず！」

ドルトンの本当の信頼をこのとき初めて勝ち取ったのだと、そう感じた。

2章 決別

Chapter. 02

fuhai no ZAKO shogun

翌日。昨日の戦闘で大いに暴れていたシャロンは、軋む体を動かしながら目を覚ます。

日課である剣の鍛錬を行いながらも、シャロンの頭は別のことを考えていた。

(シビルとイヴはどういう関係なんだ？　本当にただの友人なのか？　とても親しそうに話していたが、もしや恋……)

そこまで考えて、シャロンは頭を大きく振る。

(なぜ私はそんなに二人の関係について考えているんだ！　これではまるで私がシビルのことを……。いや、違う！　私はシビルの騎士！　そんな邪な気持ちなど、全くない！　騎士が、仕える者について、尊敬以外の念を持つなど愚かでしかない)

シャロンは自らの邪念を拭い去るべく剣を振るう。

鍛錬を見ていたダイヤがぽつりと呟く。

「今日は少し、剣が荒い気がするねえ」

それを聞いたシャロンがダイヤに鋭い眼光を向ける。

その目を見た瞬間、ダイヤは自分が愚かなことを口走ったことを察する。

「良い目をしているな、ダイヤ。そんなダイヤに、たまには稽古をつけてやろう」

「いや、僕は遠慮しておきたいな～って」

「遠慮するな。日々の鍛錬は必要だろう」

（機嫌悪いの絶対シビルのせいだよ……）

ダイヤは怒りの矛先をシビルに向けながらも覚悟を決める。

だが、シャロンの稽古はダイヤの想像以上に厳しかった。

「ちょ、いつもより強くない？　ねえ、危ないって。聞いてる？　死ぬから、シャロンが本気出したら本当に死ぬから！」

ダイヤは大声で叫ぶ。

（くそー、なんで僕だけ！　シビルに稽古したらいいのに！）

ダイヤは恨み言を思うも、口には出さない。それは懸命な判断だったと言えるだろう。その後もダイヤが動けなくなるまで厳しい稽古が繰り広げられる。

最後にはダイヤは言葉も発さずに地面に倒れ込んでいた。

シャロンとダイヤが話していた頃、イヴも早朝の訓練をしていた。

レイピアを目にも見えない速度で放つその様は、彼女の強さを窺わせる。

その美しい彼女を遠くから見つめる兵士は多い。

「イヴさん、今日も美しい。いや勿論、剣捌きのことです」

兵士の一人がイヴに話しかける。

「そう、ありがとう」

イヴは答えながらも動きを止めない。

「流石イヴさん、ストイックだ……」

他の兵士は感心しているが、当の本人は全く別のことを考えていた。

（シビル、本当に私のために来てくれたのかな？　シビルのお友達がそう言ってたけど。もし、そうなら……嬉しいな。上官にかけあってまでなんて、心配しすぎだよ）

と思いながら僅かに口角が上がる。

（けど、隣に凄く綺麗な人居たな。スタイルも凄く良くて、仲良さそうだった。同じ部隊の人かな？　デルクールのときもそうだけど……シビルすぐに女の子と仲良くなるんだから！　しかも皆可愛いし！　どんな関係なんだろ…？　そんなこと聞けないよ。もー、シビルの馬鹿！）

どんどんイヴの放つ突きの速さが上がる。

「凄い速さだ！　きっと連合軍への怒りを突きに込めているに違いない……」

そんなイヴを見て、兵士は良いように解釈していた。


一方、ロックウッド軍の天幕からは怒号が響いていた。

「嘘をつけ！　あのゴミが、シビルの野郎がなぜここに居る！」

ハイルの鬼のような形相に、部下は怯えながらも返す。

「ですが、複数の兵士がシビル様の姿を目撃したと……」

「あんなゴミに様などつけるな！　あの大岩もあのゴミの仕業か！　戦えない癖に、軍師気取りで戦場に出てきやがって！」

ハイルは昨日の戦いで大勢を決するつもりだった。だが、あの巨大岩によってローデル帝国軍は完全に瓦解しなかった。

「落ち着け、ハイル。敵兵は残り二千ほど。心配せずとも余裕なのは変わらん。そして我が家の汚点も一緒に現れたのだ。一緒に片をつければよい」

父であるレナードの言葉に、少しだけ冷静さを取り戻すハイル。

「確かに、奴など相手にもなりませんよ。馬鹿な男だ。遠くの砦にこもっておけば長生きできたのに」

「あの落ちこぼれが軍師だなど、よほど帝国軍は人手不足のようだな。勝利は決まったようなものよ」

レナードは小馬鹿にしたように笑いながら酒を飲む。

ハイルはシビルのことを考えることを止めた。ハイルにとって、シビルは戦闘においては雑魚以外の何者でもなかったからだ。

◇◇◇

俺は目を覚ますと、ドルトン達の居る天幕へ向かう。

「シビルの言う通り、相手は攻めてくる気配はない」

ドルトンがニコル鉱山の地図を見ながら話す。

隣には帝国騎士団の援軍として来ているマルティナさんが居る。天幕内には十人の将校が揃っていた。

「ドルトンさん、おはようございます。軍議に混ぜていただいてよろしいですか？」

「ああ、勿論。君はわが軍の軍師なのだからな。是非君の意見を聞かせてくれ」

ドルトンがにこやかに言う。数日前とは全く違う対応に他の将校達の目が丸くなる。

既に人数は二千対五千。二倍以上の戦力差になっており通常の戦い方では厳しいだろう。

「正直連合軍として連携されると勝てません。まずロックウッド軍と、マティアス軍の間に軋轢を生じさせます」

俺はあの二つの騎士団の仲に着目した。利益でしか結びついていないのは間違いない。俺が居た頃からロックウッド家とマリガン家の仲は別に良くなかったからだ。

「視点は良いと思うが、何か策が？」

マルティナさんが俺に尋ねる。

「私は数日前マティアス領に向かう商人達に狙いを絞って情報を流しました。ロックウッド軍とラーゼ軍は繋がっているという内容です。マティアス軍を退けたら一定量の財をロックウッドに渡す契約がなされているとまで伝えています。これだけではなんの信憑性もないでしょう。ですが、その後にラーゼ軍がマティアス軍しか狙わなかったら？　マティアス軍はどう思うでしょうか？」

それを聞いたドルトンは真面目な顔で考えるそぶりを見せる。

「初めは只の噂だったが、少しずつ本当のように思えてくる訳か」

「あちらの被害は現状九割以上が、巨大岩でやられたマティアス軍です。既にマティアス側はこれ以上の犠牲は嫌がっているでしょう。騎士団を丸々失えば勝ったとしてもその後のミスリルの分け前でロックウッドに強く出れませんから」

「面白いな。明日以降はマティアス軍を中心に狙うということだな」

マルティナがにたりと笑う。先に言われてしまった。まあわかるよね。

「その通りです。皆様には今のうちに伝えておきます。私は元ロックウッド家の長男です。追放されて今はローデル帝国軍に所属しておりますが。そんな私がここに居たら信憑性は更に増すと思いませんか？」

俺の言葉に、皆に動揺が走る。疑われる可能性は高まるだろうが、この情報は敵から聞くよりあらかじめ俺から伝えた方が良い。

「まさかロックウッド家の者だったとは……。本当に通じていないんだろうな？」

将校の一人が睨むように言う。だが、その言葉に返事をしたのはドルトンだった。

「俺は彼を信じている。シビルは自らその情報を開示した。通じているなら、疑われることを自ら言うか？　それに、彼が敵側ならそもそも昨日巨大岩を落とさないだろう？　あれがなければこちらは負けていたのだから」

「確かに」

ドルトンの言葉に、皆が納得した顔をする。

「ドルトンさん、ありがとうございます。噂を本当のように見せかけるため、明日以降マティアス軍ばかり削ります。既に明日の敵の布陣やルートは全て洗い出しています」

俺は机の上に広がっているニコル鉱山の地図を指さし、明日の敵の侵攻ルートを逐一説明する。

「時間、人数、兵種全て暗記してください。勿論戦況は常に変わりますのでこれが全てではありません。ですが初動は必ず伝えた通りの動きをするはずです。その後はスキルを使い、逐次皆様に伝達します」

俺の言葉を聞いた将校達は頷く。彼等が適切に対応できなければこの価値ある情報も無意味になってしまうだろう。なんとかして覚えてもらう。

「このルートは騎兵二百が来ます。あらかじめ拒馬を置いたうえで弓兵を配置して上から射貫いてください。拒馬の前には油を敷いて馬が止まったところを火矢でお願いします」

「このルートの歩兵二百は誘いです。敗走と見せかけて追った先には弓兵が潜んでいるようです。そこを逆手にとってあらかじめ弓兵の居る場所に歩兵を忍ばせ一網打尽にします」

メーティスは基本的にイエスかノーでしか答えられない。昨日だけで軽く数千回は尋ねただろう。しらみつぶしに聞くしかないのだ。それにしてもメーティスを何回使っても魔力は尽きないことから、やっぱり俺の魔力は多いのだろう。

『神解』は気に入っているが、魔法使いになっていたら違う人生があったのかもな、とも思う。

「シビル、君の予知が全て本当だったとしたら……敵からしたら悪夢でしかないだろうな。それほど恐ろしい力だ。全ての侵攻ルートも、数も漏れているのだから。明日は敵を減らそう。勝利のためにな」

マルティナが地図を見ながら唸るように言う。

「頼みます、皆さん。帝国軍の強さを見せつけてやりましょう」

「勿論だ！　昨日は不覚を取ったが、馬術においては大陸一と言われる帝国軍の実力をお見せしよう」

ドルトンが飢えた肉食獣のような禍々しい笑みを浮かべる。確かにこの巨体は相手にしたくないな。

その後も将校達の細かな質問を受けて明日に備えた。

◇◇◇

ロックウッド軍の将校達と、マティアス軍の将校達も明日に向けて軍議を続けていた。だが、その足並みがそろっているかと言われると疑問符が浮かぶ。

ロックウッド軍の代表は勿論ハイルとレナードである。マティアス軍の隊長テンドロンは、ハイルとレナードと一緒に今後について話し合っていた。

「三軍に分けて攻める？」

「ああ。中央はやはり警戒されている。現にそちらの軍は敵が中央で仕込んでいた策にかかり別動隊を失っただろう」

レナードの言葉に、テンドロンは少しだけ不快そうな顔をする。昨日の策はロックウッド軍が提案した策だったのだ。自分が囮役を引き受ける、と堂々と言ったロックウッド家だが、結果だけ見るとマティアス軍が大きな損害を受けた。

なのに、こちらの落ち度で兵を失ったみたいに言われてはたまらない。そしてテンドロンはもう一つ気になることがあった。

最近末端の兵に流れる、ロックウッド軍と帝国軍の内通の噂である。所詮噂だと思って笑い飛ばしたが、こちらの犠牲が多いのは事実である。

「ではうちは左のルートと中央の一部を担当します」

テンドロンは自分の疑いに蓋をすると、ロックウッド家に提案する。

「いいだろう。うちが右と中央の両方を受け持とう。我が軍の強さを貴方達にお見せしよう。中央でそちらの出番はないかもしれんがね」

ハイルがテンドロンに言い放つ。まだ若いが、『剣聖』を持っているためか大変横柄な態度なのが気になった。

「左右のルートは鉱山だけあって穴が多い。敵が潜んでいないか気を付けましょう。それに巨大岩を落とす策を考えたのは誰なのでしょうか。ドルトンはそういう策を使うタイプではないのですが」

「知らんな。あの程度の策、大したことはない。気にしなくて良いだろう」

テンドロンの心配をよそに、ハイルは適当に返す。

兄の浅知恵など自分の敵ではないと考えていたからだ。

◇◇◇

翌日、俺は日が昇る前に起きるとメーティスに尋ねる。

『今日はこちらが勝つ？』

『イエス』

今日はどうやら敵軍に昨日のお礼ができそうだな。俺は刻一刻と変わる状況に対応するため本陣の天幕に待機している。

ダイヤとシャロンは俺が臨機応変に対応するためにも傍に居てもらっている。

「ここに居たら戦えなそうだな」

とシャロンがぼやく。

「なに、きっと出番は必ず来る。そのためにも今はゆっくりしといてくれ」

本陣は二百しか居ない。人数が足りないため殆どが出払っているのだ。

「さあ、本日の一番手はマティアス騎兵とうちの弓兵だ。目にもの見せてくれよ」

俺は指揮官達がうまくやるように天幕から祈っていた。

◇◇◇

弓兵二百、歩兵五十を率いる帝国軍の指揮官は緊張した面持ちで敵の騎兵が来るのを待ち構えていた。もしシビルが言っていることが外れていたらこちらは終わりといえる状況だ。既に一兵すら惜しいくらい兵士は貴重だった。

「本当に来るんだろうな……もし外れたら」

シビルの言うことは理路整然としており嘘をついているようには見えなかった。巨大岩でこちらの窮地を救っていることからも信じるに値すると思っていてもやはり不安だった。

「小隊長……本当に騎兵が来るんですか？」

「信じろ。確かな情報だ」

部下の不安そうな声に、返事をする。メーティスに関する情報漏洩を防ぐために相手からの密告があったとしか兵士には伝えていない。

指揮官は懐中時計の時間を見ると顔を引き締める。聞いていた戦闘時刻だ。少しずつ馬蹄の音が前方から聞こえてくる。

「歩兵構え！」

一列目に居る歩兵達は拒馬の後ろに立つと一斉に槍を構える。

前から凄い勢いで走ってくるのはマティアス騎兵二百。シビルの言っていた通りであった。

「弓兵構え！　放てェ！」

指揮官の声と共に、二百の弓の雨が騎兵に降り注ぐ。

「ぐあああ！」

「なんでこんなに人数が!?」

自分達より多いラーゼ軍に驚きが隠せないマティアス軍。

矢の雨により勢いを失った馬たちは拒馬の前に動きを止める。

「今だ、火矢を放て！」

指揮官の言葉と同時に大量の火矢が放たれる。それを受け先陣を切っていた騎兵が皆炎に包まれる。

「うあああああああああああああ！　下に油が！」

馬達も熱さでパニックになり飼い主を放り出すとそのまま何処かへ逃げ去っていった。パニックになった馬にぶつかり、後方の騎兵達も一気に隊列が崩れる。その隙を帝国軍は見逃さない。

「馬から落ちた騎兵を仕留めろ！　一気に減らせ！」

元々個々の強さではマティアス軍に勝っていた帝国軍である。昨日の無念を晴らさんとばかりに槍で敵を貫いた。

騎兵の一番の利点はその速度にある。拒馬で動きを止められたうえ隊列の崩された騎兵達は矢の雨に沈んでいった。

帝国軍の完全勝利だった。

「「よしっ！　勝ったぞーー！」」

兵士達が雄たけびを上げる。昨日の惜敗を自らの手で晴らせたのが嬉しいのか喜びが感じられた。

「お前達、すぐに移動するぞ！」

「えっ？　今戦ったばかりですよ？」

指揮官の言葉に、驚く兵士達。

「馬鹿野郎！　どれだけ人数差あると思っているんだ！　弓兵が必要な場所は山のようにある。行くぞ！」

すぐさま指揮官は兵士を連れて移動を行う。次に移動するべき場所もシビルから聞いているからだ。

「シビルという若者……。なんというスキルだ。一人の英雄でも戦闘が一変するのは確かだ。だが、彼一人でもいれば、戦闘は大きく変わる」

指揮官は敵に回らなくて良かったと心底安堵しながらもシビルの言葉を信じて、次の場所へ移動していった。

右の道の道中にある穴には前日の夜から帝国騎士達二百が潜んでいた。

「マルティナ様、本当にここに敵の弓兵がもうすぐ来るのですか？　そこまで正確な情報が密偵から得られるでしょうか？」

部下の一人が密偵から得たという情報に疑問を呈する。

「確かな情報筋だ。信じろ。敵の将校の一人がこちらの者でそいつから全て聞いている。あと十分もしたら歩兵と弓兵が来る。その後に歩兵が去ったら、一気に仕留める。お前ら事前にも言ったが絶対に歩兵達に悟られてはならん。弓兵を音もなく仕留めろ」

「はい」

兵士達は情報源には半信半疑であったが、マルティナのことは信じている。そのため、前日からという過酷な命令にも嫌な顔一つせずに耐えていた。

前方からの僅かな足音を感じ取ったマルティナの顔が、軍人の顔に変わる。見るとマティアス軍の弓兵百が姿を現した。一緒に行軍していた歩兵二百はそのまま帝国軍を狙うために先に進んでいく。

「釣れますかね？」

弓兵の一人が隣の兵に尋ねる。

「一昨日釣られてるからなあ。まあ大丈夫だろう」

「あんな馬鹿みたいに釣られるくらいですからね。隊長のドルトンは脳まで筋肉でできてそうでしたよ。帝国軍は脳筋しか居ないに違いない」

「違いねぇ！」

と無駄話をしていた。マルティナは静かに聞いていたが、その目からは確かな怒りが感じられる。だが怒りで我を忘れることはなく、静かにその怒りを力に変えていた。

完全に歩兵が去ったことを感じたマルティナは、遂に動き出す。無言で手を振り部下達に合図をすると、百を超える帝国騎士団が弓兵に襲い掛かる。

「て——」

弓兵は叫び終わる前に頭と胴体を斬り離されてしまった。マルティナ率いる帝国騎士団の動きはまさに疾風迅雷《しっぷうじんらい》と言える。

一人一人が音もたてずに速やかに弓兵達を仕留めていく。弓兵は近くに寄られると途端に不利になる。更に奇襲をかけられては尚更だ。

五分ほどで百を超える弓兵の屍が地面に転がることとなった。マルティナは剣についた血を布で拭うと、部下達に言う。

「おそらくしばらくしたら、味方が待っていると勘違いした馬鹿共が戻ってくる。奴等を挟み撃ちで片付けるぞ。それまでは潜む」

「はっ」

マルティナは先ほどまで弓兵達が潜んでいた場所に屈み身を隠す。

数十分後、道の先で帝国軍と交戦して逃げてきた歩兵達が戻ってきた。彼等は自分達が策を用いて誘い込んだと思っているだろう。それが地獄への片道切符だとも知らずに。

帝国軍に追われて逃げてきた歩兵達が、弓兵達の援護がないことに疑問を感じ始めた瞬間、マルティナ達が一斉に襲い掛かった。

「なっ⁉　なぜ帝国軍の兵が！」

「狩場へようこそ、坊や達」

マルティナは獰猛な笑みを浮かべると、一閃。その一撃で何人もの兵士の首が宙を舞った。

「狩る側と思っていたら、狩られる側になっていた気分はどうだ！」

帝国騎士団の男達も昨日の雪辱を果たそうと敵を斬り裂く。

マティアス軍は前後から襲い来る帝国騎士団になすすべもなく瞬く間に全滅した。こちらの被害は殆どなかった。

「いやあ、こちらの間者の情報は驚くくらい正確ですね。素晴らしい」

部下の騎士が、笑顔で言う。

「ああ。素晴らしい。帝国はかけがえのない人材を得たといえるだろう。これは……わが軍にも欲しい」

マルティナはそう言って笑う。

「マルティナ様がそこまで評価するなんて、珍しいですね」

部下は少し羨ましそうに言った。

どこも帝国軍が勝利している中、激しい攻防を繰り広げている戦場があった。中央通路である。

「ふう……。敵にあまり被害を出させないように。とは、面倒臭い指令をしてくる軍師だ」

中央通路を守備していたのは、ラーゼ軍隊長のドルトンだった。

ドルトンは馬上から巨大な大剣を軽々と振るい、その一振りで向かってくる何人もの敵を一刀両断する。

「ちっ、脆すぎるな。手加減したつもりだったが。これでは敵が全滅してしまうわ」

そう言って、にやりと笑う。ドルトンはシビルの命令通り、中央通路を守備していた。ここにロックウッド軍の勢力が来るのはわかっていたが、守備に徹しお互いの被害を減らすように言われていた。

「くそっ！　あいつがラーゼの巨人、ドルトンか……」

ロックウッド軍もドルトンの一振りを見て、勢いが完全に止まる。戦いの先頭を切る勇猛な将は敵に恐れを与え、味方に勇気を与える。そう思わせる迫力がドルトンにはあった。

「ラーゼの巨人を越えて進めると思う愚か者だけが出てこい！　一人残らず、一振りで楽にしてやる！」

ドルトンの叫びが、戦場に響き渡る。ロックウッド軍は完全に呑まれていた。

ドルトンの言葉に呼応して姿を現したのはハイル。

「単純な策に釣られた単細胞が粋がるじゃないか。もう部下も随分減っただろうに」

「……なに。すぐに部下の弔いのため、ロックウッド兵の骸を積み上げてやるさ」

再び両軍の主力が邂逅する。

昨日との違いはドルトンの落ち着きである。自分の使命を理解しているドルトンは宿敵とも言えるハイルと出会っても冷静を保っていた。

両者が激しくぶつかり合う。

ハイルの鋭い連撃がドルトンの腹部に叩きこまれる。鉄でできた鎧を軽々と切り裂くも、その先で、何かに剣が弾かれた。

(妙だな。鎧の下に何を纏っている？　俺の剣は鎖帷子《くさりかたびら》程度で弾くことはできんはずだが？)

「その程度の攻撃では、俺に傷一つつけることはできんぞ？」

ドルトンのスキルは『硬化』。魔力を込めることで、体を硬化するシンプルなスキルである。そこまでレアなスキルではないが、鍛えた体と合わせて鋼のような体を作り上げた。

「次はもっと魔力を込めて斬ってくれる」

「スキルに溺れたガキに負けるはずもなし！」

二人は激しく斬り結ぶ。その激しい剣戟に周囲の皆も手を止め二人の戦いの行く末を見守っている。

ドルトンは本気で斬りかかっている。幾度もハイルに斬られるもその動きは鈍ることはない。

ハイルはドルトンに不気味さを感じ始めていた。

(しぶとい……！　この硬さ、硬化スキルか？　こんなに硬い敵は初めてだ)

一瞬の思考が、ハイルの動きを鈍らせる。その隙をドルトンは感じ取った。

(ここで殺しておいた方がいい。奴はその剣技といい思考といい、残すと面倒そうだ)

ドルトンが本気でハイルの首を狙う。

「そうはさせん！」

その鋭い一撃を止めたのは、レナード・ロックウッド。ロックウッド家の現当主である。馬を優雅に乗りこなしながら、鮮やかに登場してみせる。

「お父様！　なぜ邪魔を！　この程度の雑魚、私だけで」

「時間をかけすぎだ、ハイル。それに右通路に向かった、マティアス軍から連絡もない。おそらくこいつは時間稼ぎだ」

レナードはドルトンを睨みつける。

「なんのことかな？」

ドルトンは両手を上げ笑う。

「下らぬ芝居を……！　まとめてかかれ！　奴は儂とハイルで止める！」

レナードの命と共に、ロックウッド軍が再び襲い掛かる。

「流石にそう楽にはいかねえか……」

ドルトンの守備する中央通路が最も多くの被害を出すことになる。しばらくしてラーゼ軍の援軍を感じ取ったレナードが撤退を命ずるまで中央通路は多くの血で染まった。


その夜、帝国軍の将校達は天幕の中に集まり、今日の戦果について話していた。

「こちらは敵騎兵二百を葬りました。被害はなし」

「こちらは敵弓兵百、歩兵二百を仕留めた。勿論被害はゼロ」

「こちらは工兵五十、歩兵百を仕留めました。こちらの被害は数名程度です」

どこも素晴らしい戦果を挙げていた。連戦連勝と言えるだろう。今日だけで千を超える敵を仕留めた。こちらの被害は百に満たない。

「うちは、百ほど。だが、こちらも五十を超える被害が出た」

そう静かに言うのはドルトン。今回一番の激戦区を担当した男である。結果が出ていないことを恥じている様子だった。

「いえ、ドルトンさんこそありがとうございます。あそこが一番敵戦力が集中しており、過酷なところでした」

戦力も少ない中、素晴らしい結果だ。

なによりハイルとレナード二人を相手にこの被害の少なさは、ドルトンが有能であることを示していた。

「シビル、俺達が十分に時間を稼いだ分の成果は出たようだな」

ドルトンの言う通り、被害をマティアス軍に集中させることにも成功した。マティアス軍は既に千人ちょっとにまで数を減らした。

「はい。明日、人数の減ったマティアス軍は共同戦線を張るようです。一方、ロックウッド軍は千二八百ほど。明らかに偏っている。そこでマティアス軍を討ちます。右通路での挟撃のためにマティアス軍が潜んでいるところを狙い一網打尽にする」

「なるほどな。マティアス軍は情報が漏れていると、ロックウッド軍を疑う訳か」

「ドルトンさん、その後奴等の軋轢を決定的にするために、ロックウッド軍にミスリル鉱の情報を流します」

俺の言葉に、皆が動揺する。

「なにっ！　隠していた情報を漏らすというのか！」

「他から狙われたら同じだぞ！」

今まで隠していたラーゼ軍の将校から反発の声が上がる。

「既にマティアスにはばれているんです。マティアスを退けたところでそこから結局漏れるでしょう。この情報で敵の不和を生めるのならするべきだと考えています」

俺はドルトンを見つめる。現状の最終決断者はドルトンだからだ。ドルトンはしばらく沈黙した後に口を開いた。

「わかった。ロックウッド軍に流そう」

「ドルトンさん!?」

皆驚きの声を上げる。俺もその返事に驚いた。ドルトンは嫌がると思ったからだ。

「シビル……君を信じよう。それで勝てるのなら」

ドルトンの言葉に、皆反論できなかった。

「ありがとうございます。必ずや勝利を」

俺は頭を下げる。ラーゼ軍も、帝国騎士団も勝利のために一つになっていることを、俺は感じ始めていた。

◇◇◇

翌日。早朝に日課の鍛錬をしているシャロンは、イヴの姿を見かける。

シャロンはなんとなく目を逸らすも、イヴの方が気づき声をかける。

「シャロンさん、おはようございます！　朝から鍛錬ですか？」

「……ああ」

イヴの太陽のような笑みに圧倒されたシャロンは小さく返した。

「綺麗な剣閃。きっと毎日、振っていたのでしょうね。シビルに聞きました。援軍のために一緒に来てくれたって。ありがとうございます」

イヴは深々と頭を下げる。

「別にいいさ。だが、このままじゃ死ぬかもしれないのに逃げないのか？　逃げないにしても、後方に回るだけでも違うと思うが……」

「それはできません。皆様には私の我が儘で迷惑をかけるかもしれませんけど、逃げることは。ここは戦場で、既に多くの仲間も死んでいます。ラーゼ領の民のためにも、死んだ仲間のためにも、自分の命惜しさに逃げることなどできません。それは私の騎士道に反します」

イヴは真剣な表情ではっきりと告げた。

それを聞いたシャロンは、笑う。

「格好いいな、貴方は。その通りだ。騎士として、そんなことできるはずがない。シビルに言われたから貴方を守るのではなく、一人の騎士として、貴方と共に戦わせてくれ」

シャロンの言葉を聞いたイヴが破顔する。

「はい！　ぜひよろしくお願いします」

シャロンはイヴのその気高き精神に騎士の崇高さを感じ取った。

そんなイヴを死なせる訳にはいかない、シャロンはそう思ったのだ。

シビルの知らない間に二人は仲を深めていた。

◇◇◇

ラーゼ軍の一部は再び日が上る少し前から、坑道に潜っていた。

「これも、うちの密偵の情報ですか？」

「ああ。敵は共同戦線を張り、うちを挟撃するつもりらしい。この坑道は複雑で敵陣の近くにも繋がっているようだ。敵はそこから侵入しうちの部隊の後ろを狙うつもりだ」

指揮官はランタンに火を灯しながら先に進む。坑道は入り組んでおり、いくつも枝分かれしている。

「これは……迷ったら出れそうにありませんね」

「元々鉱物を掘るための坑道だからな。閉鎖してある場所はいつ崩れてもおかしくない。気を付けろよ。俺達は左の道に入り、マティアス軍を待ち伏せする」

指揮官の目線の先には、二つの道がある。マティアス軍は右側の道からやってきて帝国軍を背後から狙う予定らしい。

「こっちの別動隊は坑道の出口付近にもいる。挟み撃ちだ」

前日の勝利で情報源を信頼していた騎士達は、汚い坑道にも文句を言わずに光を消し敵の侵入を待っていた。

一時間以上が経過した頃、右側の道から人の気配を感じ始める。しばらくすると、鎧の当たる金属音が聞こえてきた。マティアス軍だ。

「大丈夫ですかね？　これもばれてるんじゃ……」

「馬鹿言え。この作戦は昨日の夜、上の連中が決めたことだ。漏れる訳がないだろう。俺も朝まで知らなかったんだからな」

別動隊の指揮官が小声で部下を叱りながら、歩いていく。その様子を見たラーゼ軍は無言で背後を狙う。

突如、背後から襲い掛かるラーゼ軍。

「なっ！　これもばれていたのか！　なにかがおかし――」

指揮官は最初に首を飛ばされる。

それと同時に、出口付近からも別動隊のラーゼ軍が襲い掛かる。狭い坑道で前後から挟まれたマティアス軍はすぐに全滅した。

「マティアス軍は脆いですね！」

すっかり勝利に酔い知れている新人騎士。

「油断するな。罠をかけるつもりの人間は、自らが罠にかかると脆いものだ」

「なるほど……肝に銘じます」

「良い心がけだ。油断した者から死んでいく職業だからな俺達は」

その後、挟撃を前提に意気揚々と襲ってきたロックウッド軍と激しい攻防を繰り広げる。結局、全く助けに来ないマティアス軍に違和感を覚えたロックウッド軍の指揮官が早めの撤退を行ったが、正しい判断と言えるだろう。

その日は前日よりも控えめな戦いであったが、連合軍の方が大きな被害を被っていた。

◇◇◇

連合軍は連日の大敗ですっかり葬式のような雰囲気に包まれていた。

「どうなってんだ……こちらの動きは完全に読まれているぞ」

「聞いたか？　ローデル軍の軍師はシビル様らしいぞ」

「強くはなかったけど、そんな才能があったんだな。戦場を完全に掌握している、まさしく天才だ」

「なんで追放したんだよ。俺達にシビル様の指揮があれば最強だったのに……今からでも戻ってもらえねえかなあ？」

ロックウッド兵はシビルを追放したせいで負けていると考えていた。

実際にシビルが帝国軍に居なければ既にロックウッド軍は勝利していただろう。

「今、なんと言った？」

その冷えた声色を聞いた兵士は震えながら振り向く。そこには能面のような顔で兵士を見るハイルの姿があった。

「いえ、何も……」

兵士は怯えながら目を逸らす。

「あのゴミなど、必要ない！」

ハイルはそう言うと、兵士の一人に蹴りを叩きこむ。

その一撃を受けた兵士は小さな悲鳴と共に、何メートルも吹き飛ばされた。

（なぜいつも俺の邪魔をするんだ！　俺の方が強い、優秀なはずだ！　内政など戦場での働きと比べたらどうでもいい……だが、その戦場でなぜお前が俺より評価される!?　俺が！　俺こそが最強なはずだ！）

ハイルは苛立ちを抑えきれなかった。

その夜、連合軍の天幕は物々しい雰囲気に包まれていた。

「ハイルさん、どういうことですか？　共同戦線ですが、敵に情報が漏れていたとしか思えないくらい見事にこちらは嵌められた。」

マティアス軍の団長テンドロンがハイルを睨みつける。完全にロックウッド家を疑っている顔である。彼からしたら、この天幕にいる者の一部しか知らない侵攻ルートが漏れているとしか思えないのだ。

しかもマティアス軍ばかりが被害に遭っている。三千居た兵士は既に千を切った。

一方、ハイルはテンドロンの言いがかりに苛立ちを隠せない。

「なんだ？　こちらのせいにするのか？　お前達が無能だからばれたんだ。どうせガチャガチャ鎧の音を立てながら向かってばれたんだろう。こちらのせいにするなんて図々しい。援軍に呼んでおいて、その態度か？」

ハイルの煽りに、マティアス軍が殺気だつ。

「なんだ、その言い草は！　明らかに被害が偏っている。それに聞いたぞ、敵の軍師は元ロックウッド領の長男らしいじゃないか！　敵と通じて、我が軍を売ったんだろう！」

マティアス軍の将校が、ハイル達を見て叫ぶ。

「ふざけるな！　誰があんなゴミと手を組むものか！　奴はロックウッド家の面汚しよ。こちらだって言わせてもらうが、この鉱床、金鉱ではなくミスリル鉱らしいじゃないか！　こちらを騙していたな！」

ハイルも怒りをぶちまける。

「ぐっ……！　それは今関係なかろう！」

「あるに決まっているだろう！　嘘を吐くような奴等を信じられるか！」

両陣営とも殺気立ち、ぶつかるのも時間の問題と感じられた。

その中でパンッ、っと綺麗な音が響く。レナードが手を叩いた音だ。

「皆の者、落ち着け。ここで揉めては敵の思う壺だ。テンドロンさん、そちらの被害が大きいのはわかっておる。それゆえこちらを疑うのもわかる。正直に言うと、こちらの兵士達もミスリルの件でそちらを信用しておらぬ。これでは十分な連携もできまい。各々戦った方がまだましだろう。幸いまだ人数はこちらの方が多い。お互い邪魔にならぬように戦い、敵将であるドルトンを討つ。それで終わりだ」

流石に歴戦の雄であるレナード。最も落ち着いた判断を下したと言えるだろう。

「わ、わかった。ここで揉めるのが得策でないのはわかっている。各自戦うことにしよう」

テンドロンも頭を冷やしたのか、頭を押さえながら言う。

「なに、ドルトンを殺せばそれで終わりよ。我等に任せよ。戦こそ我等の得意分野よ」

そう言って笑うレナードに、テンドロンは安堵の息を吐いた。マティアスの将官が天幕を出た後、ハイルがレナードに尋ねる。

「こちらを疑う馬鹿共など、殺しても良かったのでは？」

「お前は強いが、まだ戦をわかっておらぬ。こちらの手勢も既に二千ほどだ。敵も千七百はおるじゃろう。マティアスの雑兵とて必要なのだ。それにしてもあの臆病者が、軍師とは笑えぬ話よ」

「最近、動きが読まれているのは『神解』のせいでしょうね。面倒な……どこまで俺の邪魔をするつもりだ！」

（剣も握れない臆病者が……我が覇道の邪魔をするな！）

そう言ったハイルの目は、シビルへの憎しみですっかり濁っていた。

◇◇◇

翌日、俺は朝からメーティスに尋ね情報を得る。

『二つの騎士団は連携を止めた？』

『イエス』

その返事を聞き、俺は遂に相手の不仲が決定的になったことを感じる。

「ドルトンに伝えて、今日も戦うか……。だが、もう今までのようにはいかないだろうな」

メーティスが言うに、ロックウッド軍はもう奇策を使うことを諦め、一団となって布陣するらしい。

少数にわかれるとそこを狙われると思ったのだろう。

「俺がこちらに居ることもばれているだろうから仕方ない」

昼前には再び戦闘が始まった。お互いが純粋にぶつかり合っている。こちらとしては悪い展開だ。

せっかく坑道に大量の罠を作ったのに。

「兵が足りてないな。私も出るぞ？」

シャロンが剣を持ち立ち上がる。

『シャロンを前線に出しても良い？』

『イエス』

心配だが、ずっと閉じ込めておく訳にもいかないか。

「ああ。シャロン、行ってくるといい」

「メーティスに尋ねたな？　安全な戦というのもつまらないが……行ってくる」

シャロンは天幕を出て、帝国騎士団と合流しに行った。

『俺も前線に出た方がいい？』

『イエス』

そこまで人が足りてないか。

俺はランドールを持つと、戦場へ出る。

「シビルさん、軍師なのに出られるのですか？」

兵士の一人が心配そうに尋ねてきた。

「ああ。前線の方が指示もしやすいですし、兵も足りていませんから」

「なるほど。お供します。シビルさんに死なれてはこちらは終わりですから」

俺の正体もばれたため、ドルトンは正式に俺が軍師として戦略を立てていることを、兵士に伝えた。

連日の勝利もあって、兵士達も俺に好意的に接してくれるようになった。有難いことだ。

後列に置いている台車の上に乗り、俺は周囲を見渡した。

今この瞬間も、兵士達がぶつかり合い、血が戦場に舞う。

そして、やはり人数が少ないこちらが少しだけ押されている。

「敵指揮官を少しでも減らす」

そう思い、矢を取るもそこで俺の目は一人の男を捉える。遠目でも目立ち、台風のように大暴れをしている。
我が弟、ハイルだ。
ハイルもこちらに気づいたのか表情が変わる。
どうする？
ハイルを狙うか？
『逃げるべき？』
『ノー』
『戦うべき？』
『ノー』
違うのか。
メーティスは俺に戦場に出ろ、と言った。すなわち俺には何か使命があるのだ。
「見つけた……！　殺してやる！」
俺を見た瞬間から、殺意を隠さないハイル。
すぐさま陣形も気にせず、一人でこちらに突っ込んでくる。
「ハイル様、お待ちを！」
部下もハイルの突然の行動に動揺を隠せない。
ロックウッド軍の中央を支えていたハイルの突然の行動に、陣形が大きく崩れる。
あれは相当頭に血が上っているな。

今なら誘い込めるか？

『坑道に誘い込むべき？』

『イエス』

「ダイヤ、坑道に誘い込む。準備を」

「了解」

俺の言葉を聞いたダイヤが頷く。

俺達はそのまま自軍の人混みを抜け、中央通路左側にある坑道へ向かう。

「逃がすか！」

ハイルは俺が逃げたと考えたのか、更に速度を上げた。

「ハイル様、これは罠です！　何か策があるかもしれません！」

「その策の原因を今取り除くんだよ！」

俺は鬼の形相で馬を駆るハイルから逃げるように坑道に入る。

暗闇の支配する坑道を馬で駆けた。背後からは複数の馬蹄《ばてい》の音が響いてくる。

流石に将一人では来ないようだ。結構釣れたな。

俺はにやりと笑う。

そして狩場にハイル達が遂に辿り着く。

◇◇◇

「どういうことだ？　奴がおらん」

ハイルは眉を顰める。坑道の中を走った先、ようやく辿り着いたのは行き止まりであった。その先にあったのは土の壁だけだ。

「暗闇で見失ったのでしょうか？　ケホッ」

「馬に乗っていた奴を見失うとも思えんが……暗闇の中に隠れているのかもしれん。奴らしく臆病なことよ。警戒して探せ。それにしても空気が悪いな」

そう言って、ハイルは馬から降りると、周囲を探し始める。

（暗闇の中で不意打ちを狙っているな？　馬鹿が……俺は絶対に気づくぞ）

ハイルは剣を握りながら見渡すも、シビルは一向に姿を現さない。

（何かがおかしい……）

「入ってきた道が封鎖されています！」

背後から大声が響き渡る。

「爆薬で道を埋められたか⁉　音はしなかったぞ⁉」

動揺する兵士達の一人が突然倒れた。

「おい、どうした⁉　斬られたのか？」

それどころか兵士が次々と倒れ始めていく。

異様な状況に、ハイルが遂に気づく。

「ガスだ！　お前達、息を止めろ！」

ハイルは叫ぶも、既に遅かった。

シビルが選んだ坑道は普段はガス突出が起こるため封鎖されていた坑道であった。

その坑道の前後をシビルはダイヤの土魔法によって埋めた。

一瞬で抜けたシビル達に大きなダメージはなかったが、暗闇のため気づかなかったハイル達は既に多くのガスを吸っていた。

ハイルはよろよろとした動きで来た道を戻ると、土壁に全力で一撃を叩きこむ。

その一撃で、ダイヤが作った壁は粉砕された。

「くだらない……策を」

ハイルは部下を見捨て、必死で坑道から逃げ帰った。

◇◇◇

「ハイルは死ななかったか」

俺は兵士から聞いた報告を聞くも、特に驚きはしなかった。

だが、ハイルは自分の側近とも言える近衛兵の多くを失った。これは大きな成果だ。

ハイルがその後戦えなかったこともあり、主戦場も互角以上の戦績といえた。

「あらゆるものを利用なさいますな。流石はヨルバ様の認める軍師です！」

連日の勝利で、兵士達の一部が俺にキラキラした目を向ける。

「敵の思惑を全て読むその力に加え、地形まで利用されるとは。お見事です」

初めは俺のことを嫌っていた将校まですっかり笑顔である。

敵の主戦力も今日で大きく削った。勝てるぞ、この勝負。

返り血で血塗れになったドルトンが姿を現す。

「今日も罠にはめ込んだようだな、軍師殿。良いことだ。兵士達ももうぼろぼろだが、ようやく終わりが見えてきた」

ドルトンはそう言って笑う。俺も勝利が見えてきたと感じていた。

◇◇◇

死にかけで自軍に戻ったハイルは、冷たい目線で迎えられた。

皆、口では無事で良かったと言うものの、目は冷たかった。

「副隊長が忠告してたのに、無視したからこうなったんだ」

「百人近く死んだらしいぞ」

「兄を意識しすぎだ」

兵士達はハイルの居ないところで、ハイルを批判する。ハイルの評価は地に落ちていた。

流石のハイルも自分の失態であることは気づいていたため、怒鳴り散らすようなことはしなかった。

こちらにやってくるレナードに気づき、ハイルは顔を下に向ける。

「お父様、この度は――」

「ハイル、少し頭を冷やせ」

「……はい」

ハイルは小さくそう呟くと、自らの天幕へ戻っていった。


ハイルが罠にかかる前日。アルテミア王国の王都エスカトール。

七国一と言われるほど煌びやかな王都の中心に位置する王城の玉座に一人の男が腰かけていた。

年は二十代後半ほど。一目でわかる豪奢な服を身に纏い、周囲は近衛兵に囲まれている。

綺麗な金髪をおかっぱで切りそろえ、少年のように歯を見せ笑っていた。

「ねえ、ローデルとマティアスの戦いってまだ終わってないの？　ロックウッド軍まで加勢に行ったんだよね？」

「ルーミア王、恐れながら申し上げます。密偵に逐次状況を報告させておりますが、思いのほか苦戦しているようで未だ交戦中でございます」

跪きながら中年の男が答える。服装は上質な物で彼も高貴な出であることがわかる。

玉座に座るルーミアは部下の言葉を聞き、首を傾げる。

「ふーん。おかしいな。戦力的には必ず勝てると思ったんだけど。帝国騎士団から大物でも出てきたの？」

「いえ、そんなことは。一人軍師が援軍として参加したようで、少し手を焼いているようです。あと数日もあればよい報告ができるかと」

「……すぐ近くに騎士団が駐屯《ちゅうとん》してたよね、援軍出して」

「承知しました。千も出せば十分でしょう」

部下の返事に、ルーミアは首を横に振る。

「いや、二千出せ。魔道具使ってすぐさま全軍動かして」

「二千も……。承知しました。魔道具を使いすぐに命を出します」

部下の男は立ち上がると、すぐに王座の間から出る。

部下が去った後もルーミアは考えるそぶりを見せる。

「嫌な予感がする。こういうのはすぐに潰すに限る。敗戦の報が届かないということは、ある程度接戦はしているはず。そこに援軍でケリをつける」

ルーミアはそう呟いた。

◇◇◇

『翌日、中央通路に出てくる敵兵の数は五百以上？』

『イエス』

『翌日、中央通路に出てくる敵兵の数は千以上？』

『イエス』
『翌日、中央通路に出てくる敵兵の数は二千以上?』
『イエス』
その夜、メーティスに尋ねて連合軍の人数配置を調べるも、数が多い。
メーティスに確認を続けるも明らかに連合軍の数が増えている。
どういうことだ?
俺は自らの血の気が引くのを感じる。
およそだが、二千人近く敵の数が増えている。
『どこからか援軍が現れた?』
『イエス』
俺は絶望に襲われる。
『援軍は近くの領主軍?』
『ノー』
『援軍は王国騎士団?』
『イエス』
国王の差し金か!
俺はこの情報をすぐさま皆に伝えるべく、ドルトンの居る天幕を訪れる。
俺の話を聞いたドルトンは決して取り乱すことはなかったが、小さく汗をかいた。

「……未来がわかるのではなかったのか？」

「おそらく……未来が変わりました。俺が参加しなかった場合、既にこちらは敗北寸前。だから援軍も来なかった。だけど――」

「シビルが来たことで、こちらが優先に変わった。そのため、援軍が派遣されたという訳か」

俺の行動で未来が変わった。だが、元が倍近い戦力差で始まった戦。更に二千もの援軍を出すなんて。

「よく報告してくれた。いきなり二千も増えた場合は対応もできなかっただろう。まだ対策が練られる」

ドルトンはすぐさま主要将校を集める。

集まった将校達もドルトンの話を聞いて顔が暗くなる。

「二千ですか……。我々の人数は既に千六百を切っています。しかも連日の戦で大きく消耗している。とてもじゃないが、今から二千を受け止める兵力は……」

将校の一人が弱音を吐く。

「諦めるな！　まだ終わってはおらん」

俺は明日の敵陣営の各通路への配分、兵種、作戦などを説明する。

だが、画期的な策は出なかった。

俺達がニコル鉱山に来て九日目。昨日とは違い、敵の士気は高いのが遠目からも見て取れた。一方、こちらは昨日の祝勝ムードから一転、暗い雰囲気だ。

それを感じ取ったドルトンが最前列に立つ。

「敵軍は倍近い人数で敗北を続け、最後は上に泣きついた臆病者共だ！　勇敢な我等が怯えることなど何一つない！　戦は数ではない、質だ！　それを教えてやれ！」

「「「応！」」」

ドルトンの言葉に兵士達は奮い立つ。九日目の戦が始まった。

ドルトンも最前列で大剣を振るい士気を上げるよう努めているが、流石に疲れきっている兵士達に、倍近い人数を相手にするのは大きな負担だった。

「左通路の敵に、第三部隊百人を援軍で送って」

「はっ！」

俺は必死で指揮を執るが、やはり厳しい。

「右通路から王国騎士団の敵が！　押されています」

「第五部隊百人を援軍で。弓で後方から援護に徹するように」

「はい！」

必死の指揮もむなしく、今日はこちらが圧される形で終わった。

その夜、ドルトンの天幕に将校達と集まるもその雰囲気は重かった。

兵は更に減り千五百人をきった。

このままでは全滅である。

皆言葉がでないのか、沈黙だけがその場を支配した。するとドルトンが真剣な顔で俺やマルティナさんを見る。

「今まですまなかったな。お前達帝国軍はもう撤退しろ」

「何を言っている！　そうなったらお前達こそどうするつもりだ？」

ドルトンの言葉にマルティナさんが大声を上げる。

「言っただろう？　ミスリル鉱は我が領の未来なのだ。たとえ勝てずとも……引けんのだ」

ドルトンの言葉に、ラーゼ軍の将校達も頷く。マルティナさんはその言葉を聞いて、こちらを見る。

「シビル君、君は本来正式な援軍ではない。逃げるのだ。その才能をここで散らせるには惜しい。我々は帝国騎士団として来た以上、最後まで戦う」

冗談じゃない。イヴを、そしてラーゼ領を救うためにここまで戦ってきたのだ。自分だけのこのこ逃げるなんてことできる訳がない。

「ご冗談を。勝利しない限り、砦に戻るつもりはありません」

「気持ちはわかるが、シャロン君とダイヤ君だったか？　君を信じてここまで来てくれたのだろう？一緒に死なせるな」

マルティナさんは上官の顔でそう言った。

理屈はわかる。死ぬとわかっている戦に、大事な二人を巻き込める訳がない。だが、ドルトンとマルティナさんを見捨てて逃げるなんて。

「必ず、逆転の策を見つけ出します。そのために私は軍師として来たのですから！」

俺は叫ぶ。

「そうか。期待しよう」

ドルトンはそれを聞いて優しい笑みでそう言った。既に覚悟の決まった男の笑みだった。

俺は啖呵を切って、天幕を出た。

少し離れた場所に腰を下ろす。

俺も子供ではない。このままじゃ負けることはわかっている。

一体どうしたらいいんだ。

何か策を……。駄目だ、何も思いつかない。

『逃げるべき?』

『イエス』

いつもこうだ。結局イヴを救うことはできないのか?

頭の中が絶望で埋め尽くされる。

俺が暗い顔で思考停止していると、背後から気配がした。

「どうした?　流石のシビルでもお手上げか?」

振り向くとシャロンが笑っていた。

「ああ……このタイミングでの援軍は反則だ」

俺は乾いた声で返す。

「諦めないのか?」

「諦めないさ。最後まで」

俺の言葉を聞いたシャロンは微笑んだ。

「そうか。心配するな。必ず私がお前を守ってやる。だからお前は死なない。安心して戦場に立つと良い。それに、絶望的な状況をいつも、お前は覆してきただろう？　今回もきっと大丈夫だ」

覚悟と信頼の感じられる力強い言葉だった。

絶望に覆われた俺の心に小さな火が灯る。

「ありがとう、シャロン。確かにそうだった」

俺は視界が晴れるのを感じた。いつも絶望的な状況だった。簡単なときなどなかった。それを乗り越えて今があるのだ。

「なあ、シャロン。シャロンが軍師ならどうする？」

「私に聞くのか!?　戦いを終わらせるだけなら、ニコル鉱山を全て爆破するのはどうだ？　戦う理由がなくなるだろう？」

少し考えるそぶりを見せた後、閃いたと言わんばかりの顔で話すシャロン。

「そんなことしたら戦いが終わった後、俺がドルトンに殺されるよ」

そんな力任せの解決できる訳がない。だいたいこんな穴だらけの鉱山を爆破したら土砂崩れで周囲まで大変なことに……。

いや、待てよ。何とかなるんじゃないか？

俺はメーティスに尋ね始める。

いける！

「何か思いついたようだな」

「ああ！　ハイリスクだが……やる価値はある！」

俺は先ほどまで居た天幕に走って戻る。

走ってきた俺に、ドルトンも驚いているようだ。

「何かあったのか？」

「ドルトンさん、私を信じて全てを預けてくれませんか？」

俺はドルトンにそう言った。

「何か思いついたようだな。話してくれ」

ドルトンに促され、俺は皆に策を話す。

聞いている間、段々ラーゼ軍将校の顔が曇る。

「そんなこと、認められる訳がない！」

「失敗したら、全て終わりじゃないか！」

全てを聞いた将校達から反対の声が上がる。

「このままじゃ、敗北を待つだけです。どうか、ご決断を」

俺はドルトンの顔を見る。

ドルトンは目を瞑り、顔を歪める。

皆がドルトンの言葉を待った。しばらくの沈黙の後、口を開く。

「シビル、君を信じよう」

「ありがとう、ドルトンさん。必ずや勝利を」

俺は手を伸ばす。ドルトンはそれを力強く握った。

「準備が必要だろう。必要な人材があれば声をかけてくれ」

「ありがとうございます。それでは、炎系魔法使いを全員お借りしたい」

俺は天幕を出ると、準備のために動き始めた。

◇◇◇

ロックウッド軍は援軍により大きく盛り上がっていた。

皆、押されていると感じていたのか、今日の勝利に沸いた。

盛り上がる部下を尻目に、ハイルは静かにその様子を見ていた。

（くそっ……援軍など大きな恥だ！　陛下は我等では勝てないと判断されたのだ。だが、これで勝てる。勝ちさえすれば、兄さえ殺せれば俺の地位は揺るがない。明日、必ず討ち取る！）

ハイルは明日、勝負を決めるつもりだった。

◇◇◇

翌朝、雲一つない澄み切った青空が、一面に広がっている。

「殺し合いにはもったいない天気だ」

俺はそう呟くと、今日の準備を始める。

俺は早めに今日の主戦場となる通路へ向かう。歩いているとよく知る後姿を見つける。

「おはよう、イヴ」

「おはよう、シビル」

イヴはこちらに気づくと、朗らかな笑みを浮かべる。

「おそらく、今日が勝負の日だ。どうか気を付けて」

「そうね。たとえどうなろうと最後まで戦うわ。シビルも気を付けてね」

死も覚悟している顔だ。決して死なせない。俺は心の中で誓いながらイヴと別れる。

そして遂に、最後の戦が始まる。

敵は全軍を、三つに分け三つの通路を埋めている。中央通路に構えるのはロックウッド軍。

その軍勢の先頭に立つのはハイル。天に剣を掲げ、堂々と口上を話す。

「誇り高きアルテミア王国の兵士達よ！　今日こそ帝国軍を破り、ミスリル鉱を奪い取る！　全軍、突撃！」

「「「「応ッ！」」」」

ハイルの合図と共に、連合軍が一斉にこちらに襲い掛かる。

だが、こちらも黙っておとなしくはしていない。ドルトンも大剣を持ち先頭に立つと静かに語り掛ける。

「皆、既に連戦で疲れていることは、知っている。その上で、援軍だ。顔が暗くなることも仕方ないだろう。だが、我等には決して負けられない事情がある。この命を懸けてでも。今日だけで良い、全てを出し尽くせ！　不安であれば、俺の背を追え！　我はラーゼの巨人、ドルトン！　全軍、突撃イ！」

「「「「「おおおおおお！」」」」」

ドルトンの激励と共に、こちらも突撃する。

「ドルトンを殺せ！　それでこの戦は終わりだあああ！」

ドルトンに向かって、連合軍の兵士が一斉に襲い掛かる。

だが、ドルトンは騎馬の勢いそのままに大剣で薙いだ。

その一振りで襲い掛かった連合軍の兵士達が宙に舞う。

「来い！　我を殺せるものが居るのならな！」

ドルトンは大声で叫ぶ。

「良い将だな。前線で自ら士気を上げる」

人数差のあるこの戦い、士気は絶対に必要なものだ。

だが、俺は違和感を抱いている。いつもであれば、ハイルがドルトンに襲い掛かりそうなものだが……。

ハイルの姿を探すと、ドルトンには目もくれずにこちらに向かっていた。

暗く濁った眼でこちらを見据えているハイル。その横には冷めた目でこちらを見る父レナードの姿もあった。

「よう、卑怯者！　もう逃げるところもなくなったか？」

ハイルは大声を上げる。その顔は獲物を見つけた獰猛な獣を彷彿とさせた。

「いや、けじめをつけに来たんだ」

俺ははっきり返す。そう、ここまで歪んでしまった弟を、兄として止めなければならない。

「けじめ？　お前が死ねばけじめはつくさ。ロックウッド家の面汚しが。ローデルで何もできずに最後に軍に辿り着いたか？　だが、軍はそんな甘いところじゃないぞ」

馬鹿にするように言う。何も知らない癖に。

俺の心がざわつく。

「貴方に何がわかるの！」

そのとき、イヴがハイルに叫んだ。イヴは俺よりはるか前線で既に連合軍と戦っていた。ハイルが不快そうな顔をイヴに向ける。イヴは気にせずに言葉を紡ぐ。

「シビルはローデルに来て沢山苦労していたわ。それを全部乗り越えてここまで来た！　幸運でも何でもない、自らの力と努力で。ただ生まれの優位だけでその地位についている貴方より、他国で必死に生きたシビルの方がずっと凄いわ！」

イヴの言葉が戦場に響き渡る。

そうだ。俺の努力を見てくれている人は必ずいる。それ以上何を望むのか。

「なんだ、あの女！　お前等、囲んで殺せ！」

ハイルが部下達に命令を下す。

その言葉を聞いた兵士達が一斉にイヴに襲い掛かる。

「舐めないで……よね！」

イヴは襲い掛かる兵士達を一人一人、貫き、吹き飛ばす。

だが、あまりにも兵士の数が多い。複数に囲まれたイヴが、相手の一撃に大きく体を吹き飛ばされる。

「お前の知り合いか、あの女。お前を庇ったばかりに死ぬぞ？」

ハイルが下卑た笑みを浮かべる。だが、俺は揺るがない。

「お前こそ、舐めるな」

次の瞬間、イブの目の前に居た連合軍の兵士達が全員吹き飛んだ。イヴの目の前には美しき銀髪を靡かせる『白銀』の姿があった。

「シャロンさん！」

イヴが嬉々とした声を上げる。

シャロンはそのままイヴの背後を守るように、背中合わせになる。

「共に戦うと言っただろう？」

シャロンはそう言って、歯を見せて笑う。

「はい！」

「私に斬られたい者はかかってくるといい」

シャロンの言葉に、連合軍の勢いが止まる。

「あいつは、あの砦に居た奴か。ここまで来ていたとは……！」

「二人とも強い。俺は俺のすべきことを。俺はもう昔の俺とは違う。戦うのは未だに苦手だが、大事なものを守るために戦おう。たとえ元家族が相手でもな」

「剣も振るえねぇ甘ちゃんが、戦場で何ができる」

「すぐにわかるさ。お前こそぼこぼこにやられたのに、援軍が来て随分と元気になったようだな。また、ぼこぼこにしてやるよ」

「てめぇ……！　お前達、殺せぇぇ！」

ハイルはその言葉と同時に、再び帝国軍に襲い掛かる。

再び、両軍が激しくぶつかり合う。

接戦に見えるが、やはりこちらがじわりと圧されている。遂に、一本道にまで押し込まれ始めた、ように見える。

ドルトンが暴れながらも、こちらに目を向ける。

俺はそれを見て、無言で頷く。

段々、厳しい顔に変わる我等帝国軍と違い、押している連合軍は覇気に溢れている。

「このまま押し切れ！　敵は崩れる手前だ！」

ハイルが周囲を激励する。

ドルトンは大剣を掲げると、帝国軍と連合軍を分けるように地面に線を刻む。

「お前達、ここが正念場だ！　この線より、決して先に連合軍を進ませるな！」

「「応！」」

ドルトンの言葉に皆が呼応する。押し込むことはできなくとも必死で相手の動きを止める。

「ドルトンさん……やっぱり無理ですよ。俺達まで死んでしまいます」

指揮官の一人が震えるような声で呟く。

「我等の軍師を信じろ！　シビルなら……必ずうまくやるはずだ！」

ドルトンは真面目な顔で返した。

「皆、ありがとう。合図だ。ダイヤ！」

俺は矢を番えると、宙に向けそのまま上空に放つ。魔法矢が空を切り裂く。

「了解！」

その言葉と同時に、ダイヤが地面に手を当てる。

「妙な動きを！　殺せ！」

レナードはダイヤを指して叫ぶが、こちらも必死で人壁を作り、敵を堰き止める。

だが、思ったよりこちらの兵が疲弊している。ダイヤにしっかりと時間を作ってやれるか？

俺が小さく汗をかいたとき、横から騎馬に乗ったドルトンが突っ込んで大剣でダイヤに群がろうとする敵兵をなぎ倒した。

「我、ラーゼの巨人！　我を倒さずに、先に進めると思ったか！」

「ただのデカブツだ！　射殺せ！」

レナードの命令と同時に、数十の矢が放たれる。それをドルトンは大剣を円状に振るうことで弾いた。

その後も大量の矢がドルトンに放たれ、その体には多くの矢が突き刺さる。

だが、それでも決して倒れることはない。

そう、誰もがドルトンに注目していたとき、突然その口から血が漏れる。

「ぐう……！」

レナードの剣が、ドルトンの腹部を深く切り裂いた。

「魔力を使いすぎたな。硬化が甘いぞ」

「ドルトン様――――！」

兵士の大声が戦場に響いた。

いまや、彼の存在は帝国軍の支えとなっていた。ドルトンの敗北、それはすなわち帝国軍が崩れることを意味していた。

だが、ドルトンは笑った。

「そんな一撃で俺を止められると思ったか！」

ドルトンは切り裂かれたことも気にせず、レナードに大剣を振り下ろす。

レナードはそれを躱した後、まるで怪物を見るように顔を歪めた。

「この程度で止まる訳がない！　我等は町を、民を背負っている。たとえこの体が引きちぎれ、腕がもげようが、侵略者から未来を守る使命がある！　皆よ、我らの土地は我等が守るのだ！」

「「「「はっ！」」」」

その覚悟の叫びに呼応するように、兵士達が再び復活し、連合軍の敵兵を押し返し始めた。

ドルトン、貴方って人は……本当に格好いいぜ！

ドルトンは復活した兵士を見て微笑んだ後、小さく膝をつく。

「俺の出番は……もう終わりだな」

そう呟いた瞬間、連合軍の居た地面にヒビが入り始め、そして崩れた。

「なっ⁉　落とし穴⁉」

巨大な落とし穴が突然発生した事実に、連合軍の兵が動揺を隠せない。逃げ場もない一本道の大穴に連合軍の多くの兵が飲み込まれる。

ドルトンが引いた線より先は崩れ、半分近い連合軍兵士が落下した。その中にはハイルやレナードも勿論入っている。

悲鳴と共に落下した兵士達は多くが怪我を負い、戦闘不能となる。

この大穴はダイヤが一から作ったものでなく、元々あった地下の坑道を利用して作った自然の落とし穴である。

「落とし穴程度で俺が止まると……！」

ハイルが歯を食いしばって上を見る。

「これは布石に過ぎない。メインはこれからだ」

俺の言葉と同時に一本道を囲む壁に亀裂が走る。

次の瞬間、壁が裂け凄まじい量の土石流が大穴に流れ込む。

「馬鹿な……。こんな完全に土砂の流れを計算するなど、人間にできるはずが……」

レナードは呆然と呟き、そして土石流に飲まれていった。

前日、俺はどこを爆破すれば山が崩れ、土砂崩れが起こるかメーティスに尋ね続けた。そして十人近い炎魔法使いを配置し、細かく説明する。ここが伝わらなければ俺達まで飲まれてしまう。

何時間もかけ準備し、当日は俺の矢を合図に一斉に爆破してもらった。

連合軍の兵も、帝国軍の兵も皆、突然起こった大穴と土石流に言葉を失っていた。

連合軍からすれば突然、半数近い兵士が生き埋めとなったのだ。

「一歩間違えれば、全てを失う荒業だぞ……」

敵の指揮官が、怯えたような顔をこちらに向ける。

「敵の主力は全滅した！　今こそ帝国軍に勝利を！」

ドルトンの叫びと共に帝国軍が襲い掛かる。あっけに取られている連合軍は次々と斬られていく。

勝利は近い。皆がそう思った瞬間、地面から手が生えてきた。

まだ終わっていない。

地面から、傷だらけのハイルが這い出てきた。

「お前如きの罠で、俺がやられると思ったか？」

血走った目でハイルが言った。

あの量の土石流を受け生きているとは、剣聖というものはとことん化物らしいな。

命がけの兄弟喧嘩だな。

シャロンが剣の柄を握り、こちらを見る。

だが、俺はそれを制した。最後は俺がケリをつけよう。

俺はハイルに語りかける。

「どうしてここまで歪んでしまったのかね、ハイル」

「歪んでなどいない。強者には強者の正義があるのさ」

「無抵抗の農民を殺すのが正義か。たいした正義だ」

「黙れ！　強い者が弱い者から奪う。弱肉強食こそがこの世の真理だろうが！」

「弱肉強食を虐殺の言い訳に使うな！　地位が、そして子供の精神には不相応な力がお前を歪めてしまったんだ。自覚もないだろう。歪んだお前に引導を渡そう」

俺は弓に矢を番えると、弦を引き絞る。

「この距離は俺の間合いだぞ？　その一射を外した瞬間、首を刎ね飛ばしてやる！」

ハイルは剣の柄を握ると、そのままこちらへ走り出す。

『極限の状況だな！　俺を信じて射るといい！』

『お前を疑ったことなどないさ』

ランドールの言葉に、軽口を返すと俺は決別の一撃を放つ。

俺のありったけの魔力を吸った矢は、閃光のように一直線にハイルの頭部へ飛ぶ。

「ほう……。頭狙いとは、臆病者にしてはやるじゃねえか！　だが、狙われていることさえ知っていれば、くらうものか！」

ハイルは矢を打ち落とすために、剣を振るう。矢を剣で打ち落とすなど普通不可能だ。だが、その不可能をやってのけるのが『剣聖』という選ばれたスキルといえる。

だが、矢は直前で大きく方向を変えた。

「なっ⁉」

ハイルの剣は空を斬り、矢はハイルの利き腕である右腕を貫通した。

「があああああああああああ！」

ハイルはその激痛に叫び声を上げ、地面に倒れ込む。右腕には大きな穴が空いていた。

「その手ではもうしばらく剣を持つこともできないだろう？　終わりだ、ハイル」

俺は静かに告げる。

ハイルは手を押さえながら、悔しそうにこちらを睨む。

「また、負けるのか。力だけが、俺がお前に勝っている唯一のものだったはずだ。それすら俺は負けてしまうのか。お前は俺より、ずっと弱かった！　そうだろう！　なのになぜ、今俺の前に立ちはだかっている！　なぜ、血のつながった俺の邪魔をする」

「お前が、道を誤ったからだ……。家族の不始末のけりは、家族がつける。さよならだ」

俺は再び矢を弓に番える。

「危ない！　シビル！」

ダイヤの声が響く。俺は本能的に右を向く。そこには俺に向かって突きを放つレナードの姿があった。

俺はハイルに気をとられていた。

避けきれねえ！

俺は死を覚悟した。

「ハイルに何をする！」

レナードの剣が俺に襲い掛かる。

「貴方こそ、シビルに何をするのよ！」

レナードの剣が俺に触れる直前、イヴのレイピアがレナードの剣を弾き飛ばした。

イヴは歯をむき出しにしてレナードを睨みつける。

「なぜ、貴方がシビルに剣を向けるのよ！」

「既に奴はロックウッド家の者ではない。それだけだ。才ある者に次期当主を任せる。それが当主としての使命よ」

それを聞いたイヴは、冷めた目でレナードを見据えるとレイピアを構える。

「屑ね。その腐った目を貫いてあげる」

「小娘が……！」

レナードは一瞬で距離を詰めると、横薙ぎの一閃。

イヴはそれをステップで躱すと、突きを複数放つ。

一流の剣士の乱舞のような攻防が始まる。

その攻防の最中、レナードの袈裟斬りの一撃をレイピアで受け止めたイヴがバランスを崩す。一瞬の隙を逃さず、レナードはイヴの腹部に突きを放つ。

その一撃は、イヴの右脇腹を貫いた。

「イヴッ――――!」

俺は大声を上げる。

やはり、イヴは死んでしまうのか?

俺はイヴを助けるために来たのに、助けられて……死なせてしまうのか?

俺は自らを呪う。

「小娘如きが、私に勝てると思ったか？　だから早死にするのだ。シビルのようなゴミを信じたばっかりにな。その見る目のなさを呪って死ぬと良い」

レナードはイヴを見て嘲笑う。

だが、イヴはそんなことも気にせずに左手で、剣を持つ右手を掴む。

「貴方こそ何も見えていない。シビルの才も、努力も！　父として、当主として失格よ！　それに私は小娘じゃない。イヴ・ノースガルド。ローデル帝国、帝国騎士団所属の騎士よ！　風弾《ヴィントパトローネ》!」

イヴは腹を貫かれているにもかかわらず、そのままレナードの腹部に突きを放った。

風を纏ったレイピアは、レナードの腹を貫いた。

「がああああ!」

レナードは大きく吐血し、そのまま倒れ込んだ。

腹部には大きな穴が空き、致命傷となっただろう。だが、そんなことはどうでもいい。

「イヴ、大丈夫か!?」

「大丈夫よ。流石に、手負いには負けないわ。言ったでしょ？　私は守られるだけの女の子じゃないって」

そう言って、イヴは笑う。

「知ってるさ。俺を最初に救ってくれた騎士様だからな。ありがとう。また助けられてしまったな」

「どういたしまして」

強く、誇り高い騎士。それがイヴだ。

また守られてしまった。

もっと俺も強くならないと。

そうだ、ハイルは？

俺はイヴのことで頭がいっぱいで、ハイルのことを忘れていた。

ハイルが先ほどまで居た場所を見ると、既にハイルは消えていた。

「ハイルめ、部下も放って一人で逃亡したぞ。大将失格だな」

こちらの戦闘が心配だったのかやってきたマルティナさんが呆れたように言う。

逃げたか。

連合軍を見るも、トップ二人を失ったロックウッド軍は完全に瓦解していた。残りも既に逃亡し始めている。勝負はついたと言っていいだろう。

「もう終わりです、父さん」

俺は静かにレナードに告げる。

レナードも敗北を悟っていたのだろう。こちらを媚びるように見る。

「シビル！　お互い行き違いもあったが、私達は親子じゃないか！　全てを水に流そう！　私はロックウッド軍の隊長だ。良い身代金になるぞ。お前のしたことも全部許してやる！」

「今更許されるつもりもありませんよ。貴方達はもう終わりです。ロックウッド家はその武力で地位を守っていましたが、この戦で多くの兵を失った。ロックウッド家は滅びるでしょう」

俺は穏やかに告げる。

「この……恩知らずがあああ！　貴様のような無能を生んだのがこちらの不幸よ！」

その叫びに反応したのはマルティナさんである。

「何を言っているのか、私には理解できんな？　貴様の息子であるシビルが有能であったから貴様は負けたのだ。貴様の目が腐っておらずに、シビルを適切な地位につけることができていれば、武も、知もそろった素晴らしい騎士団が生まれていただろう。それこそ帝国騎士団でも恐れるような。貴様は自らの愚かさにより敗れたのだ」

その言葉を聞いたレナードは観念したのか、真っ青な顔で項垂れた。

「いいんだな？」

マルティナさんがレナードの処遇について尋ねてきた。

「……はい。お父様、さようなら」

俺は最後に別れの言葉を伝え、その場を去った。

返事はなかった。

連合軍は既に殆どが逃亡しており、帝国軍はその背を追う掃討戦に入っている。

深手を負ったはずのドルトンは立ち上がると大声を上げる。

「聞け！　連合軍の中心だったロックウッド軍の将は逃亡した！　既に敵は烏合の衆である！　逃亡する愚か者共に帝国軍の強さを知らしめろ！　この戦、我らの勝ちだ！」

「「「「うおおおおおおおおおお！」」」」

その報告を聞き、帝国軍から雄たけびが上がる。


こうして十日に及ぶニコル鉱山をめぐる戦争は、ローデル帝国の勝利で幕を下ろした。

ドルトンやイヴなどの重傷者はすぐに治癒師《ヒーラー》により治療された。

イヴの体に傷が残らないか心配で俺は治療場所となっている天幕の周りを一人で回っていた。

そんなとき、天幕から人が出る気配がする。

イヴか！

だが、出てきたのはドルトンだった。お前かい。

がっかりする俺を尻目に、ドルトンは姿勢を正すと深々と頭を下げた。

「シビル、この度は援軍に来てくれて本当にありがとう。君が居なければ我々は負けていただろう。

君はラーゼ領の恩人だ。代表として、心より感謝を。そして、最初の失礼な態度を謝罪させてほしい。本当にすまなかった」

真摯な言葉だった。

「こちらこそ、私を信じてくれてありがとうございます。おかげで、役目を果たすことができました」

イヴを助けることができた。最後に助けられたのは俺なんだけど。

「次世代の帝国を担う軍師シビルとの出会いにも感謝を。ラーゼ軍は君の危機のとき、必ず駆けつけることを剣に誓おう」

「私も民のことを誰よりも思う巨人ドルトンとの出会いに感謝を」

俺達はお互い笑いあうと、握手を交わした。

「ふふ、どんどん適切に評価されていくね」

いつの間にか隣でイヴがにっこり笑っている。天幕から出てきていたらしい。

「傷大丈夫!?」

「もう、心配しすぎ！　大丈夫。傷も残ってないよ。見たい？」

イヴが小悪魔っぽく笑う。

「良かった。心配で、心配で」

「傷物になったら、シビルに貰ってもらおうかな？」

と上目遣いで言う。

「喜んで」

そう言うと、イヴは顔を赤くする。

「シビルってたまに天然なとこあるよね……」

そうだろうか？　素直な気持ちを伝えただけなんだけど。

俺は戦いが終わり、ようやく少しだけ平穏な日々を取り戻した。

結局あの後、レナードは連合軍の長として討ち取られた。

父が殺されるのを止めない自分は薄情ではないか、と自分を責めたが今更だろう。

ハイルは結局逃げ切ったらしいが、逃げた先が安息の地だとどうして言えるだろうか。

力を失った暴君の行く末など、推して知るべしである。

◇◇◇

ハイルは幽鬼のようなボロボロの姿でロックウッド領に辿り着いていた。

(父は殺《や》られたのだろうか？　だが、俺さえいれば、ロックウッド家は終わらん。体を癒し、必ず復讐してやる！)

ハイルはシビルへの憎しみを原動力になんとか意識を保っていた。

だがようやく屋敷に辿り着いたと思ったハイルは、衝撃の光景に言葉を失った。

「な……！」

ハイルは燃えてすっかり灰になった自分の屋敷を見て呆然とする。大きな庭は荒らされ見る影もなく、塀も破壊され多くの人が侵入した跡があった。

「ど、どういうことだ！　残した兵士は一体何をしていたんだ！」

ハイルは屋敷の惨状に驚きを隠せない。塀の向こうを見ると、兵士達が血塗れになって倒れている。

それを見て自領の危機を感じ取ったハイルのもとへ血塗れの兵士が現れる。

「の、農民の反乱です！　今までとは規模も違い、中心となる者がいるのかもしれま、せん」

兵士はそう言うと、そのまま倒れ込んだ。

「またか、ゴミ共め！　今度こそ全滅させて――」

ハイルは既に農民達が待ち伏せしていたことに気づく。

周囲から徐々に農民達が姿を現す。

「よくも父さんを！」

「うちの息子を殺してくれたな！」

皆、殺意に溢れた目でハイルを睨みつける。親族を殺された者達だった。

農民達は一斉に襲い掛かる。

「農民風情が……！　腕が使えないからといって、お前ら如きに負けるか」

ハイルは満身創痍ではあったが、多くの農民を仕留めた。だが、多すぎた。ハイルが思っていたよりも憎しみは広がっていたのだ。

「死ねェ！」

背後から襲い掛かった青年の剣が、ハイルの心臓を貫く。ハイルはそのまま血を吐いて倒れ込んだ。

こうして、ロックウッド家は農民の反乱という形で滅びることになる。

完全に灰になった屋敷から一人の老人が姿を現すと、そのままハイルの死体のもとへ向かった。

セバスである。セバスは悲しそうな顔で語りだす。

「やはりこうなってしまいましたか。私は家来失格でしたな。シビル様を追い出したときからこうなると思っておりましたから。この首を斬られる覚悟で止めればなんとかなったのでしょうか。私も命を狙われる前にここを去ります。今までお世話になりました」

セバスは深々と頭を下げた。セバスは危機を事前に察知し、屋敷の使用人は皆避難させていた。だが、屋敷を襲う農民を止めようとは思わなかった。

セバスはそのままロックウッド領を去ってどこかへ消えてしまった。

◇◇◇

とある大きな屋敷の一室。とても大きな机の上には豪勢な料理がこれでもかと並んでいた。

美しいサファイヤのような青髪をした青年がフォークをステーキに刺し、頬張っている。

陶器のような白い肌に端麗な顔は、社交界に出れば殆どの少女が恋に落ちるだろう美男子だ。澄んだ青い目も、髪も全てが宝石のようだった。まだ年は十八程度だろう。

その顔に合った綺麗な服を羽織っており、一目で高い身分であることがわかる。

そんな青年の前に、媚びへつらうような笑みを浮かべる中年貴族の姿があった。

「今回は誠に素晴らしい成果でした。流石はグラシア家次期当主様です」

中年貴族の言葉を聞き、青年はにっこりとほほ笑む。

「いえいえ。グラシア家の部下の強さがあってこその勝利だ。僕は何もしていない」

「そんな、ご謙遜を。二つのスタンピードで溢れた魔物達を一瞬で犠牲もなく退治されたその手腕。周囲の方々もお喜びでしょう」

「父も喜んでいたよ」

と笑顔で返す。

「ヘルク様、またソースをこぼしています。お気を付けを」

後ろの美しいメイドが、ソースを零した青髪の青年ヘルクの服の汚れを拭った。

「ハハ、ごめんよ」

と少年のような笑みを浮かべる。

中年貴族は見ないふりをして、話を続ける。

「私も戦場であなたの雄姿を見ましたが凄まじい強さでしたな、ヘルク様。一人でも全滅できそうな強さでしたぞ」

中年貴族の言葉は世辞も入っていたが、ヘルクの強さは異常だった。二つのスタンピードを合わせると三千を超える魔物が居た。

「ハハハ、流石にそんな馬鹿なことはしないよ」

「はは、そうですな」

「時間がかかるからね」

ヘルクは笑顔で応える。冗談で言っているようにはとても見えない。なにより本当に一人でも全滅させそうな凄みが彼にはあった。

「ご冗談が上手いようですな。だが、この戦でまたヘルク様の階級も上がりそうですな」

「いつかはグラシア家に戻るとはいえ、今は帝国騎士団所属だ。中隊長くらいにはなりたいね」

「この成果を皇帝陛下もお喜びになっているようで。次の式典で、直接叙勲していただけるそうですぞ」

中年貴族の言葉を聞いたヘルクが感心したような顔をする。

「珍しいね。これくらいの小競り合いで陛下から直接貰えるなんて」

「新たな英雄となるヘルク様をこの目で見たいのではないでしょうか。それにしても、数千の魔物のスタンピードを小競り合いとは、流石ですな。」

「ふーん、まあいいや。そう言えば、アルテミア王国との戦争はどうなったのかな？　たしかうちからはマルティナさんが出てたよね。人数差を考えると結構厳しいんじゃない？　僕も出ようかな？」

ヘルクは再び肉を食べつつも何気なく言う。

「いや、それがこちらの勝利で終わったらしいですぞ。犠牲は多少あったみたいですが」

それを聞いたヘルクは驚いたような顔を見せる。

「へぇ。マルティナ隊とラーゼ軍だよね。人数差は倍くらいあったはずだ。とても勝てそうには思えないけど」

「新人軍師が援軍で来たみたいですが、そ奴が活躍したと聞いています。ヨルバ様の秘蔵っ子だそうで」

「……へえ。あのヨルバ様の。興味あるね」

ヘルクは美しい青い目を輝かせながら言う。

「彼も式典に呼ばれるそうですから、顔を見る機会はあるかもしれませんぞ」

「楽しみだ！」

ヘルクは笑顔で立ち上がる。それを見たメイドが再び口を開く。

「ヘルク様。ボタンを掛け違えています」

沈黙がその場を支配する。美しいメイドはそれを気にせずに、ヘルクのボタンを直す。

「ありがとう、セレナ」

「仕事ですので」

(帝国一の大貴族グラシア公爵家の次期当主だが、普段は中々抜けておるわ。大丈夫なのだろうか？だが、彼には不思議と魅力があるのも事実。ついて行きたいと思わせる謎の魅力が。あの圧倒的強さのせいだろうか？　彼を次期帝国第一騎士団、団長に推す声も少なくない)

その様子を見ていた中年貴族はヘルクを測りかねていた。

こうして帝国の未来を担うであろう二人の英雄候補が顔を合わせることになる。

3章 ぼんくらリズリー

Chapter. 03

fuhai no ZAKO shogun

「まさか本当に皇帝に謁見することになるとは……」

俺は白を基調とした巨大な城を前に呆然と呟いた。

『それだけの手柄を挙げたってことよ！　胸を張りな！』

ランドールが嬉しそうに言う。

俺は今、帝都ブルーディンの城に居る。皆人間ができていたのか、今回の勝利は俺のお陰だと報告したようで式典での叙勲が決定した。

大変嬉しい話だ。だが、突然の幸運に俺の心はついていっていなかった。

城内の調度品はどれも素晴らしく、ただの農民では一生かけても買えないものが並んでいる。

「思ったより似合うね」

呑気にダイヤが言う。ダイヤとシャロンも今回の叙勲について来てくれた。式典用の華美な軍服を着ているが、中々窮屈。

「皇帝と謁見できるなんて、平民ではありえないことだ。素直に喜べ」

シャロンはそう言うが、自分だったら絶対嫌がってただろ。

「失礼してはいけない貴族とか居るか？」

「うーん。うちの二大貴族と言えば、グラシア公爵家と、バーナビー公爵家だろうね。王に近い権力すら持ってると言われているよ。逆らうと消されるんじゃない？」

「嫌なこと言うなよ。その二人には逆らわないようにするわ、とりあえず」

ダイヤから貴族豆知識を聞いたが、あまり役には立ちそうもない。何と言っても、顔すらわからん。

「貴族の会合のおまけみたいなもんらしいし、気軽に行ってくるよ」

俺は二人と別れ、控室に向かった。控室には誰もおらず、椅子に座り静かに待つ。

『皇帝って怖いの？』

メーティスからの返事がない。怖いって、曖昧なものだからだろうか。というか何を聞いているんだ俺は。

「シビル様、お時間です」

名前を呼ばれ、遂に謁見の場に向かう。

部屋に入ると、周囲は貴族のおっさんばかりである。眩しいくらいの明りの中、中央には立派な玉座に座る皇帝の姿があった。

まだ五十くらいだろうか、聡明そうな面差しの中には、鋭さが感じられる。命令されると、黙って従ってしまいそうな迫力があった。整った顔に、口髭が蓄えられている。

俺は前に進み跪く。緊張でよく見えなかったけど、もう一人跪いている男が居た。

「面を上げよ、ヘルク。シビル」

俺達はしばらく跪いて礼をとった後、ようやく顔を上げる。

「ヘルク、息災そうだな」

「はい。おかげさまで」

横のヘルクとやらはどうやら皇帝と知り合いらしい。

「お主の活躍は儂の耳にも届いておる。グラシアには儂もいつも助けられている。お主もこの帝国を守る一翼となってくれることを期待しておる」

「必ずや」

ヘルクは跪いたまま、頭を下げた。

グラシアってさっきダイヤが言っていた二大貴族じゃねえか。超大物である。

「お主には、帝国騎士団中隊長の地位を与えよう。これからも励むがいい」

「有り難く」

その言葉と同時に、周囲の貴族達が大きな拍手で祝福した。

「素晴らしい！　グラシア家は安泰だな！」

「戦場でも、類を見ない活躍をしたらしいな。帝国の武の象徴として相応しい」

貴族たちからの評判もいいらしい。

「続いては、シビルとやら。まだ新人軍師にもかかわらずスタンピードを収め、先日のアルテミア王国との戦いでも活躍したと聞いておる。素晴らしい若者が出たのは良きことだ」

「勿体なきお言葉です」

「お主には騎士爵を授けよう。これからも励め」

「必ずや」

さっきとは違い、まばらな拍手が部屋に響く。お前ら、俺に興味なさすぎるだろ。

「お主の所属は南の砦らしいな。今後は帝国騎士団を望むか？」

「それは――」

「お待ちを陛下」

俺の言葉を遮る男が居た。年は五十ほど。白髪交じりの髪をオールバックで固め、鋭い眼光でこちらを睨んでいる。どうみても堅気ではない。裏組織のボスと言われた方がよほどしっくりくる見た目だ。

「なんじゃ、クラントン？」

皇帝は少しだけ鬱陶しそうに尋ねる。会話の邪魔をされるのは嫌いらしい。

「そいつはアルテミア帝国の元貴族です。今回も元同胞を売って出世したような男。そのような男に皇帝の盾を務めさせるのは危険です」

クラントンって、何処かで聞いたことがあるような？

そうか！

イヴのナンパを失敗して俺をガルーラン砦に飛ばした男の家名じゃねえか！

家族で俺の邪魔をするとは……根に持ちすぎでは？　こっちが復讐したいくらいだ。

「クラントンや、あまり陛下を困らせるでない」

そうクラントンに声をかけたのは優しそうなお爺さんである。

にこやかに笑っていて、孫を可愛がってそうな優しい好々爺という言葉が似合いそうだ。

「バーナビー様、申し訳ありません。陛下、出過ぎたことを申しました」

クラントンは皇帝に頭を下げる。

あのお爺さんがバーナビー公爵家か。二大貴族のもう片方だな。流石にクラントンも頭が上がらないようだ。

「ふむ。うちは出自は問わんのが基本方針ではあるが……では彼をどこに？」

「どこか地方貴族のもとで士官させてはいかがでしょうか。帝国軍属のまま領主軍に派遣という形はよくあることです」

「それでも良いが。誰か若き英雄を欲しい者はおるか？」

皇帝が皆に声をかける。

だが、誰も手を上げる者は居ない。

私の人気……低すぎ⁉

皆、目すら合わせてくれない。あのおっさん、何か仕込んでやがるな。

『クラントン伯爵は皆に俺を雇わないようにあらかじめ言っている？』

『イエス』

やっぱりか。

「誰も引き取り手が居ないのであれば、砦に戻ってもらうしか――」

「陛下。誰もいらないなら、僕がもらっていいですか～？」

まだ二十代くらいの若い青年が手を上げる。

服装も着崩しており、のんびりとした笑みを浮かべている。

その青年の顔を見て、周囲の貴族達が嘲るような表情を浮かべる。

「リズリーのところとか、あいつも終わったな」

「あのぼんくらリズリーか。あれが当主じゃパンクハット家も今代で終わりだ。彼も可哀想に……これじゃあ皆の方がましだろう」

周囲の貴族の陰口を、リズリーと呼ばれた青年は全く気にする様子もなくにこにこしている。

「パンクハットの子か。お主に彼を任せよう。なら話はこれで終わりじゃ」

皇帝はそう言うと、席を立つ。それと共に今回の式典も終わりのようだ。

クラントン伯爵は静かに、だが冷たい目でリズリーさんを睨んでいる。

どうやら俺はリズリーさんのもとで働くことになるらしい。少々評判がよろしくないことが気になるが。

俺がこれからについて考えていると、声がかかる。

「初めまして。君がアルテミア王国との戦を勝利に導いた男か。僕はヘルクだ」

と爽やかに挨拶をされる。

うーん、凄まじいイケメンだ。顔といい、権力といい、モテモテなのは間違いないだろう。

「俺はシビルです。よろしくお願いします」

「うーん、軍師ってのは本当みたいだね。知ってるかい、僕達は次世代の英雄候補って言われているみたいだよ？」

「へえ。貴方がそう言われるのはわかりますが、俺は買いかぶられていますね。ただの軍師ですよ」

「ただの軍師にしては、面白い経歴をしているけど」

ヘルクはにやりと笑う。イケメンだとそういう仕草をしていても様になっている。だが、靴の中にボトムスが思いっきり入っている。こいつドジっ子か？

「まあいいや。君が本物ならいつか絶対にまた会うだろう。帝国では、五大団長のことを別名大将軍と呼ぶ。僕は大将軍になる予定だ。君は？」

「俺は……大切な人を守るために力が欲しい。そのために必要なら俺は大将軍にも、悪魔にでもなろう」

「良い目だ。なにが買いかぶりなものか。確かに純粋な戦闘力は低そうだが、君は良い指揮官になる。またどこかの戦場で出会うだろう。そのときはよろしく頼むよ」

そう言って、ヘルクは去っていった。

俺は、ヘルクのボトムスが靴の中に入っていること言えなかったな、とぼんやりと背中を見ながら思っていた。

新しい上官となるリズリーに挨拶に行かなければ、と探すも中々見つからない。

どうやら少し席を外しているようだ。先ほどの流れをシャロン達に報告しに向かう。

「パンクハット家について聞いたことはないが……まあ良いだろう」

「僕もついて行くよー。今更僕だけ砦に戻るのもなんか変だし」

三人でリズリーを探していると、どこかで見たような顔を見つけてしまう。クラントンジュニアである。周囲にはしっかり取り巻きも連れているようだ。

関わりたくなさが凄い。もう勘弁してほしいというのが正直なところだ。

「よう。お前みたいな雑魚がよくあの砦で生き残れたな。上司の靴磨きでも必死にして取り入ったのか？」

はい、きましたー。挨拶代わりの悪口ですね。そういうところだよ、君がもてないのは。

俺がもてるかどうかは悪いが棚にあげるぜ。

「さあ。運が良かったのでは？」

「お前みたいな腰抜けの命令を聞かないといけない兵が可哀想だなあ」

「そうかい、話はそれだけか？　じゃあな」

俺は無視して進もうとする。

シャロンも貴族が苦手なのだろう、俺と同じく顔を僅かに歪めると逃げるように進む。

だが、この色情魔がシャロンを逃すはずがなかったのだ。

卑しい笑みを浮かべてシャロンの手を掴む。

「お前、揉めてあの砦に飛ばされた女だろ？　俺はカルロ、クラントン家の次期当主だ。俺の妾にしてやろうか？　そのゴミと居るよりましな生活ができるぜ？」

これは酷い。こんなひどいナンパに引っかかる女がいるなら見てみたいね。

「私には既に剣を捧げた主が居る。それに……お前では器が足りん」

よほどイラっとしたのだろう、冷たく言い放つシャロンさん。

「随分教育がなってないな。ゴミ女が！」

自分より下と思っていたのか、一瞬で逆上したカルロは、シャロンの左頬を思い切り平手打ちした。

シャロンはその衝撃でそのまま地面に倒れ込む。

シャロンは睨みつけるも、決して反撃にはでなかった。

だが、切れたカルロはこれでも気が済まなかったのか同時に汚い罵声を吐き散らす。

「てめえ、俺達貴族に逆らって出世コースから外れた間抜けだろう？　次、手を出したら左遷じゃすまねえぜ？　たいした努力もせずに、見た目だけで入ったお前みたいな女はよぉ」

その言葉を聞いたシャロンの顔から表情が消えた。

「……お前にシャロンの何がわかる！　彼女の努力も、過去も何も知らない癖に！」

俺は咄嗟にカルロの胸倉を掴む。

「やめろ、シビル！　貴族に手を出すな！　この程度、よくあることだ……」

シャロンが目を背ける。

過去に貴族に逆らって、辺境に飛ばされた彼女だからこそ、その怖さを知っているのだろう。

「その馬鹿女でもわかることだぜ。軍で貴族に手を出すことがどれだけ愚かなことかはよ！」

カルロはにやけながら、俺の頬を煽るようにはたく。

「とっとと軍を辞めて夜の女にでもなるんだな。遊び半分で軍にくるんじゃねえよ、田舎の馬鹿女が！」

その言葉を聞き、シャロンの手は僅かに震えていた。

『殴らない方がいい？』

『イエス』

知ってるさ、そんなこと。だがな……。

「彼女の努力も、気高き目標も知らないお前が、彼女を侮辱するな！」

俺は次の瞬間、思い切り右ストレートをカルロの顔面に叩き込んだ。カルロはそのまま壁に叩き付けられる。

「ぐええっ！」

「カルロ様！」

「シビル!?」

ダイヤが叫ぶ。

カルロは俺を睨みながら立ち上がる。周囲の取り巻きも既に剣を抜いている。

「てめえ、誰に手を出したと思ってるんだ？　この場で殺してやる！」

奴が剣を抜くと同時に、俺は矢を構える。

「黙れ。お前こそ、彼女に謝罪しろ！」

「謝罪ィ？　事実を言って何が悪い！」

「お前を許さない。必ず、彼女に謝罪させてやる。必ずだ！」

「貴族に手を出したんだ……！　お前は処刑だ！」

「やれるもんなら、やってみろ！」

今にも戦闘が始まりそうなとき、間の抜けた声が通路に響く。

「あれー、シビル君。何か揉めてない？」

リズリーさんがほんわかした顔で現れた。

「リズリーか。邪魔をするな。このゴミを処刑するところだ」

「止めてよー。僕の部下になったんだよ、彼」

そう言って、間に入ってくるリズリーさん。

「お前は年も近く、親近感を持っていたが……こんな奴を雇うとはパンクハット家もいよいよ終わりだな」

「厳しいなあ。とにかくこの場は剣を収めてよ」

リズリーさんはぺこぺこと頭を下げる。

「ちっ！　子爵まで斬ると流石に問題になる。だが、そのゴミは必ず引き渡してもらう。クラントン家の名に懸けてな」

「お前こそ覚えていろ、カルロ。シャロンを侮辱し手を出したことを後悔させてやる……！」

カルロ達は俺達を睨みながらも、剣を収めそのまま去っていった。

「シビル、無理をしすぎだ。危うく私まで国から追われるところだったぞ」

シャロンは戦闘態勢を解除し、大きく息を吐く。

「一緒に逃亡してくれるつもりだったのか」

「言ったはずだ。貴方が道を違えぬ限り、貴方の剣となると。だが、あの程度で怒らなくてもいい。

よくあることだ」

「確かにあるかもしれない。だけど、それと君が耐えないといけないかは別の話だ。俺はこれからも、君が謂れのない侮辱を受けた場合は何度でも怒るよ」

「馬鹿だなあ」

シャロンはそう言いつつも、少女のような朗らかな笑みを浮かべた。

「馬鹿だから、これからもよろしく頼む」

「いいだろう」

俺は先ほど助けてくれたリズリーの方を向く。

「パンクハット子爵、先ほどは庇っていただきありがとうございます」

俺は頭を下げる。

「気にしないでー。リズリーさん、て呼んで。子爵って呼ばれるの違和感があってね。あれ、他に二人いるの？　まあいいや。行こう」

ゆるいな。

すらりとした細身の体に、金髪をセンターで横分けにしている。少しウエーブのかかった髪を覆うように黒いハットを被っている。

「よろしくお願いします。ですが、すみません。早速クラントン家と揉めることに……」

「多分、大丈夫でしょ！」

特に気にした様子もなく、歩き始めるリズリーさん。

心なしかご機嫌にすら見える。大物かもしれん。

こうして俺達はパンクハット領で士官することになった。そしてわかっていたことだが、このことは後に大きな問題と発展することになる。


パンクハット領はローデル帝国の東端に位置し、東にあるハルカ共和国に隣接する領地である。のどかな田園風景が広がっているが、北東には鉱山が聳え立つ。

既に季節は秋だというのに日差しが俺達を照り付ける。数日馬車に乗り、俺達はようやくリズリーさんの治めているパンクハット領の都市『ゲイン』に辿り着いた。

都市は四メートルほどの壁に囲まれており、四方の門では兵が警備を行っている。

都市の規模としては以前居たデルクールより少し大きいくらいだろうか。

綺麗な煉瓦の敷かれた道路を通り、リズリーさんの屋敷へ辿り着いた。

「じゃあ、皆を紹介するねー」

リズリーさんに連れられて屋敷の中を進み、大きな部屋へ入る。

部屋の中には多くの兵士達が座っていた。

服装が一般兵士よりも華美であることからパンクハット軍の将校達だろう。

「皆、集まってくれてるねー。紹介するね、新しい軍師のシビル君」

リズリーさんがにこやかに俺のことを紹介する。

だが、皆の目は俺ではなくリズリーさんに注がれている。

「リズリー様、どういうことですか!?　クラントン家と揉めたと聞きましたよ？」

将校達が凄い剣幕で、リズリーさんに詰め寄る。

将校達の反応をよそに、リズリーさんは笑っている。

「大丈夫でしょ！　多分怒ってないよ」

「クラントン家から文書まで届いてるんですよ!?」

と将校達が詰め寄る。

「止めろ、お前達。若にも考えがあってのことだろう」

そう言って他の将校を止める男。

年齢は五十前後だろうか、白髪交じりの壮年の男性である。軍服を綺麗に着こなしており、整えられた髭がよく似合っている。

「シビル君、いきなりこんなところを見せてすまないね。私はエルビス。パンクハット軍の総隊長をしている。軍師としての活躍は聞いている。よろしく頼むよ」

「シビルです。こちらこそよろしくお願いします」

そう言って、エルビスさんと握手を交わす。

「あっ。そういえば今日はガルシアが来る日だった。後でシビル君にはガルシアも紹介するね。皆、じゃあね！」

皆から責められると感じたのか、リズリーさんは脱兎のごとくその場から逃げ出した。

その様子を見て、皆は頭をかかえる。

「あのぼんくらめ……戦になったら間違いなく負けるぞ」

「だから帝都に行かせたくなかったんだ。間違いなくもめごとを起こすと思ったから」

リズリーさん、部下の評判も悪いな。

他の皆も、俺を見る目は厳しい。トラブルを起こした張本人だから当然だろう。

普通に歓迎してくれているのはエルビスさんくらいだ。

俺も居心地が悪くなったので、挨拶をして部屋を出た。

部屋を出てリズリーさんを探していると、広間のソファに寝転がるリズリーさんを見かける。

「ご主人様」

後ろから突然声がかかる。全く後ろに居たことに気づかなかった。中々影が薄い。だが、その言葉を向けた相手先はどうやら俺ではなかったようだ。

「家事全般できますが、特に掃除が得意です。リズリー様、ガルシア男爵がお見えになりました。もうこちらにいらしています」

肩にかからないくらいの綺麗な黒髪を切り揃えた女性である。年は十八前後だろうか、目鼻立ちは整っているが、大人しそうで表情が読み取れない。クールそうで、クラシカルなメイド服がとても似合っていた。シックな装いなのに、ふくよかな胸が目立っている。

「アンネ！　この人は新しい軍師のシビル君。僕と違って優秀な人だから、覚えておいてね」

「ご主人様より優秀な人などおりませんよ」

アンネと呼ばれたメイドはにっこりと返す。

アンネは、こちらを見るとスカートの両すそをつまんで美しい仕草で頭を下げる。

「初めまして。リズリー様の専属メイドをしているアンネと申します。どうかご主人様をよろしくお願いします」

「アンネは僕が子供の頃から仕えてくれていてね。僕の幼馴染みたいなものだ。家事全般が得意なんだよ」

アンネが後ろを振り向くと、人の好さそうな笑みを浮かべた男性がやってくるのが見えた。二十代ほどの貴族なのだろうが、健康的に鍛えられた肉体は、騎士と言われた方が信じられる。短い黒色の短髪が爽やかさを醸し出していた。

「相変わらず早いね、ガルシア。今日は溺愛している子供と一緒じゃないの？」

仲が良いのだろう、弾む声でリズリーが尋ねる。

「……嫁の方がいいのか、来てくれなかったよ。すまんな、お前に息子の可愛らしさを見せたかったんだが。ハハ」

「なに、いつもの息子の自慢話を聞かされなくて助かったよ」

「いや、今回も聞かせるが？」

その言葉に眉を顰めるリズリー。結構長話なのか？

「こっちに顔を見せに来たってことはトラブルもひと段落したの？」

「……まあな。当てがついた」

ガルシア男爵はこちらに気づくと、笑う。

「君が新しい軍師か。リズリーは抜けているところはあるが、いいやつなんだ。よろしく頼む」

俺の手を握って、真剣な顔で言う。

やはり皆リズリーさんを心配しているな。

「抜けているなんて、酷いじゃないか。行こう、ガルシア。アンネ、悪いけどシビル君を貸家に案内してあげて」

「承知しました」

リズリーさんはガルシア男爵と消えていった。積もる話もあるのだろう。

アンネはリズリーを見送った後、俺達を先導する。

「こちらです」

アンネに連れられ領内を歩く。木々の葉も秋色に変わりつつあり、吹く風もどこか肌寒さを感じさせる。

リズリーさんが居なくなった途端、にこやかな笑顔は消え去り、再びクールモードになってしまった。

「もうすっかり秋になったので、少し肌寒いですね」

「そうですね」

振った会話が一瞬で終わってしまった。

話題がないですと言わんばかりの天気の話題は駄目だったようですね。

とりあえずよいしょや！

「リズリーさん、まだ少し話しただけですが器が大きいですね。流石子爵というか」

俺の言葉を聞いたアンネがこちらを振り向く。

「そう、リズリー様は素晴らしいの。馬鹿な農民達や兵士達は何もわかっていないけど。だから、貴方もリズリー様の足を引っ張らないようにお願いいたします」

笑顔の後に、冷えた声色でアンネは言った。

「あ、はい。気を付けます」

ただのメイドなのに圧が強い……。

辿り着いた借家は小さいが、三人が住むには十分な大きさがある。庭にはカエデの木が植えられている。

「良い家だね。それにしても、一兵士が借家なんて贅沢だねえ。中々の好待遇なんじゃない？」

「俺もそう思うよ」

ダイヤの嬉しそうな言葉に同意を示す。シャロンは無言で中に入っていったが、少しご機嫌に見えた。

「ネオンに手紙でも書くか」

ガルーラン砦ではお世話になったのに、スタンピード後忙しくて連絡も取れていない。近況を伝えておきたかった。

◇◇◇

クラントン伯爵の屋敷は広大な庭園が綺麗に整えられていた。多くの庭師の手が入っていることがよくわかる。大きな塀に囲まれた屋敷は、多くの守衛に守られている。塀の外では、領民達が噂話に花を咲かせていた。

「この間、公園でクラントン伯爵夫妻をお見かけしたわ。とっても仲が良さそうでしたわ」

「あぁ〜。よくいらっしゃるらしいわね。クラントン領では有名なおしどり夫婦ですもの」

「部下には鬼のように厳しいと聞いてましたから、どんな人かと思ったらにこやかに奥様に話しかけてらっしゃったわ」

「実際、無能な部下が良く粛清されてるらしいから間違いじゃないかもしれませんわ。子供にも甘いとは聞きますけど」

「身内にだけ甘いのねぇ。馬鹿な子ほど可愛いのかしら」

噂の当人であるクラントン伯爵家当主エンデ・クラントンは部下であるブランと執務室で話していた。

「エンデ様、パンクハット家に文書を送ったとか」

「ああ。カルロが五月蠅くてな。あのぼんくらリズリーならすぐにシビルを寄越すだろう。断ったら、戦も辞さないと書いておいたからな」

エンデは紙葉巻に火をつけながら笑う。

聞いているブランはエンデを何十年も支えてきた右腕とも言える存在である。

ひょろりとカマキリを思わせる細身の長身に眼鏡をかけた男。

「少しお坊ちゃまを甘やかしすぎでは？　一兵士に馬鹿にされたからといって、伯爵が出ては大事になります」

「カルロが自分が先陣を切って、パンクハット軍と戦うと息巻いているのだ。むしろこれが一番大事にならん。シビルとかいう小僧を引き取って、それで終わりだ」

◇◇◇

翌日、朝から俺達は再びリズリーさんの屋敷にやってきた。

軍師として雇われたものの、まだ仕事内容について全く聞いていない。

このままではトラブルだけ持ってきた疫病神である。

「何か騒がしくないか？」

シャロンが首を傾げる。

しかも騒がしいのリズリーさんの執務室じゃない？

トラブルの匂いがするんだけど……。

「リズリー様、あなた、何やってるんですか！」

将校の一人がリズリーさんに怒鳴っている。

俺が急いで駆けつけると、別の将校がこちらに気づく。

「何かあったのですか？」

「クラントン家から抗議の文書が届いていたんだが、リズリー様が相談もなく返事をしていたのだ」

「領主ですからねえ」

問題はないのでは？

「お前の言いたいことはわかる。その内容が問題なんだ。これが相手の文書とその返答だ」

と言って羊皮紙を渡される。

『パンクハット子爵へ
夜ごとの虫の音に、深まりゆく秋を感じるころとなりましたが、お元気でお過ごしでしょうか。

先日はうちの愚息がそちらの新人軍師にお世話になったとお聞きしました。

こちらもことを大きくするつもりはありません。新人軍師殿に直接話を伺いたいため、身柄の引き渡しを要求いたします。

もし決裂した場合、直接軍師殿の身柄を回収させていただきます。

秋冷の折、くれぐれもご自愛ください。

エンデ・クラントン』

わーお。

めっちゃめちゃ恨まれてますやん。

子供の喧嘩にお父さん出てきているし、とても大事になっている……。

既に嫌な予感がする。そして他の将校の視線が痛い。

いったいどんな返答をしたんだ？

『クラントン伯爵へ
吹く風もさわやかな秋晴れの日が続いていますが、お健やかにお過ごしのことと存じます。

お言葉ですが、シビルは既に私の部下であり、身柄を引き渡すことなどできません。

直接身柄を回収とのことですが、やれるものならどうぞ。

こちらに責を求めるよりまずご自身の子育てをしっかりなさった方がよろしいのではないでしょうか？

ご家族の秋もまた実りの多いものでありますように、お祈りしております。

リズリー・パンクハット』

はっきりと断っている。

上司の鏡……！　だけど煽りが凄い。

完全に喧嘩を売っている。

有難いが……これでは戦いになるのでは？

俺は執務室に入ると、リズリーさんに尋ねる。

「庇っていただいてありがとうございます。ちなみになんですが、何か策のようなものが？」

「いや、全く！　部下を守るのは領主の務めだから気にしないで！」

元気に、そしてにこやかに言い放つリズリーさん。

笑顔が眩しいぜ。

まあ実務は他の人が対処法を考えているのかもしれん。

俺が周囲を見渡すと、皆一様に顔を横に振った。

やべえ、リズリーさん何も考えてねえのかよ。どうすんだこれから。

「引き渡しを断るのはわかりますよ！　ですが煽る必要はないでしょうが！　このままでは戦いになりますよ」

「いやー……だって、ねえ。態度大きいし。大丈夫。こっちには軍師が居るんだから！　シビル君、任せたよ！」

丸投げかい！

いや、俺が原因なのだからいいのだけどさ。

それに、あの馬鹿には用があるから丁度いい。

◇◇◇

密室に机を叩く音が響いた。

「クソガキが……ぼんくらとは聞いていたがここまでとはな」

舌打ちをするエンデ。その手にはリズリーから届いた手紙があった。

「どうなさるおつもりで？」

ブランはそのそばに控え、エンデの言葉を待つ。

「軍師とリズリー、二人とも攫え。子飼いの暗殺者を何人か出していい。リズリーは殺さずに連れ去れ。軍師は殺しても構わん」

「承知しました。お言葉のままに」

幹部のブランは恭しく頭を下げると、部屋を出ていった。


深夜の一軒屋。既に皆寝静まっているのか、音一つ聞こえない。

その一軒家に一人の男が侵入しようとしていた。

(シビルとかいう金髪の男を攫えって、話だけどよ。悪いがこちとら殺しで生きてんだ。生死問わずなら、首を狩ってとっとと終わらせてもらうぜ)

闇夜に紛れるような黒装束に、小太刀を背中に差した男が二階の窓から中を覗く。

(あの布団に膨らみが見える。シビルはあそこだな。もう寝てるようだな。新人軍師なんて護衛も居ないだろう。こっちの方が楽な仕事だったな)

男は小太刀を構えると、凄まじい速さで窓を切り裂く。窓に四角形の穴が空くとそこから手を伸ばし鍵を開けた。

男は猫のような敏捷性で、窓から中に侵入する。

男の目線の先は、布団。

近づこうと動いた瞬間、男の口から血が漏れる。

「がぁっ！　なぜ、そんなところに……」

男が振り向くと、そこにはシャロンの姿があった。

シャロンは窓の内側にしゃがんで潜んでいたのだ。

男の胸にはシャロンの大剣が深々と突き刺さっている。

「こちらの台詞だ。寝ているところを暗殺とは趣味が悪いな」

「情報が、漏れていた……のか？」

男はそう呟きながらその場に倒れ込んだ。

既に息はない。

布団からシビルが起き上がる。

「俺のスキルに暗殺は通じないよ。残念ながらな」

「趣味の悪い戦いだ。できれば正々堂々と戦いたいものだ」

シャロンは死体となった暗殺者を見て顔を歪める。

「嫌な役目をさせたな、シャロン」

「いや、いい。護衛も騎士の仕事だからな。それにしてもいきなり暗殺者とは、エンデは本当に貴族なのか？　いや、貴族だからこそ、か。シビルの所に来るということは、リズリー様の所も危ないんじゃないか？」

「リズリーさんにも伝えてある。だけど、わかったよー、と言われて終わりだ」

「大丈夫なのか？」

シャロンが眉を顰める。

「それがメーティスにも確認したんだけど、危険はないらしい。護衛はしっかりしているのかもな」

「ならいいが……」

『今夜はもう安全？』

『イエス』

メーティスに確認した後、シビル達は今度こそ眠りについた。


同じく深夜の屋敷。シビルの情報を元に、衛兵が屋敷内を守っていた。

そんなリズリーのもとにも、暗殺者の手が迫る。

だが、その手がリズリーに届くことはなかった。

屋敷の庭では、闇に紛れ命がけの舞踏が行われていた。

（この動き……同業者か!?　しかもかなりの手練れ！）

リズリーを攫うために雇われた暗殺者の長は、庭から侵入する直前仲間が殺されたことに気づいた。

闇に紛れて首を刈るその手際、明らかに兵士ではない。

一瞬で敵は同じ穴の狢であることに気づいた。

襲い来る剣舞に少しずつ切り裂かれていく暗殺者の長。

だが、長も素人ではない。高速で動く敵の動きを、少しずつ見切り始める。

腹部を大きく切り裂かれるも、遂にその一刀が敵を捉えた。

「ここだ！　お前は……メイド!?」

長の目の前にはシックなメイド服を纏い、長の一刀を剣で受け止めるアンネの姿があった。

「流石にエンデの子飼いは雑魚ではないみたい。嫌ねえ」

「訳のわからん格好を……。ふん、たかがメイド如きに――」

次の瞬間、長の首が宙を舞っていた。アンネの両手には漆黒の糸が見える。糸により切断されたのだ。

「服が汚れてしまうわ」

アンネはまるでごみを見るような目で、二人の暗殺者の死体を見つめる。

メイド服のエプロンには返り血がついている。

まるで遊びで汚してしまったかのような気安い言葉だった。

「血って中々落ちないのよね。それにしても、リズリー様に暗殺者なんて何考えてるのかしら。許せないわ」

アンネは二人の死体を掴むと、そのまま引き摺る。処分するためだ。

アンネにとって、愛するリズリーにこのようなごみを見せる必要は全くない。

暗殺者など全て自分が始末してしまえば問題ないからだ。

「私が必ずお守りしますね、リズリー様」

アンネは死体と共に闇へ消えていった。

シビルとアンネの活躍によって、パンクハット家は暗殺者を退けた。

大活躍と言えるだろう。だが、これによってクラントン家とパンクハット家の戦いは更に過酷になっていくこととなる。

◇◇◇

午前中、庭で弓の練習をしていると、馬車に乗る行商人の姿が見える。

先頭で馬を操る者は俺もよく知る人物だった。小柄だが、サファイアのようなあの美しい髪を忘れる訳がない。

「ネオン！」

俺のよく知る友、ネオンだ。

「シビル、ヤッホー」

笑顔で手を振っている。

「来てくれたのか！」

「来てほしそうな手紙貰ったからね。それに丁度行商で他の都市に行くところだったの」

ネオンの背後には大きな荷車があった。ネオンビル商会は繁盛しているようだ。

「ありがとう！　俺しばらくはパンクハット領で士官することになったよ」

「ころころ赴任地変わるわねえ。軍人なんてそんなものなの？　せっかく来たんだから、空いているとき、パンクハット領を案内でもしてよ」

「わかった。今日丁度空いているから案内しようか。と言っても俺もまだあまり知らないんだけどな」

「赴任したばかりだけど、時間あるの？」

「兵士との顔合わせが明日でな。今日は暇なんだ」

「ネオン、もう着いたのか？」

ネオンと話していると、荷車から男が出てきた。すらりとした長身に、整った相貌。年齢は俺と同年代くらいだろうか、ゆったりとした布の服をお洒落に着こなしているイケメンだった。

「宿にはもうすぐよ」

「早く行こうぜ。疲れたよ」

謎のイケメンは頭を掻きながら、荷車に戻る。

「はいはい。シビル、遂に従業員が増えたのよ。ネオンビル商会も大きくなったってことね！」

ネオンは笑顔で言う。

「そ、そうなんだ……おめでとう」

「宿に荷物置いたら来るね」

ネオンはそう言って宿へ向かっていったが、俺には謎の動揺があった。

あの新しい従業員は誰なんだ？

動揺している俺の頭に、何かが刺さる。

「いてっ！」

どうやらシャロンの剣の一撃によって粉砕された木々の枝がこちらに飛んできたようだ。

シャロンは素知らぬ顔で、剣を振っている。

その横顔からどこか冷たさを感じ、俺はそれ以上の追及ができなかった。


「お待たせ、行きましょ」

いつもの動きやすい服と違う、可愛らしいスカートを着たネオンがやってきた。

「オッケー。じゃあ、ちょっと出てくるから」

「……ああ」

シャロンはこちらも見ずに、短く答えた。

家から離れた瞬間、借家の庭から凄まじい轟音が響く。

「なんだ!?」

後ろを振り向くと、そこにはへし折られた大木が横たわっていた。

「すご……」

ネオンはその様子を見て、小さく呟いた。

俺はネオンと共にレストランを訪れた。

よく通る道にあり、肉の焼ける良い匂いが香ってきて気になっていたのだ。

アンティークな調度品が主張しない程度に随所に飾られており、店主のセンスが感じられる。

「良さげな店ね」

「気になってたんだ」

俺が牛肉のコースを、ネオンが魚のコースを注文する。

しばらくすると、前菜が運ばれてきた。

色鮮やかな野菜が、まるで芸術のように盛り付けられている。

「美味しい！」

ネオンが一口食べて、顔を綻ばす。

「美味しいな」

俺も合わせて一口食べるが、確かに美味しい。

「貴方、また無理しているんだって？　今度は貴族を殴ったって聞いたわよ」

もう広まっているのか。商人の情報網は凄いな。

「まあ、生きていればそういうこともあるさ」

「ないわよ、普通。なんで殴ったの？」

「侮辱されたからだ」

「シビルは、あまり気にしないタイプだと思ってたけど」

「え？　ああ。シャロンが侮辱されたんだ」

「ふーん。あの銀髪の人？　あ、メインが来たね」

ネオンの言葉と共に、メインであるパンクハット産のアルタ牛のステーキが届く。

熱々の鉄板に乗せられたアルタ牛は、切り口からレアであることがわかる。溢れる肉汁と香ばしい匂いに、思わず唾を飲み込む。

「そっちも美味しそうね。一口ちょうだい」

「いいぞ。ほら、取りな」

「あーん」

だが、ネオンは自ら取ることはなく、口を開けて目を瞑っている。

少しして、片目だけ開けてこちらを見る。

「ねえ、まだ？」

俺は観念し、ステーキを一切れフォークでネオンの口元に運ぶ。

「うん、美味しい！」

花が咲きこぼれたかのような笑みを浮かべる。

これだけ喜んでもらえれば、あげたかいもあるな。

「私のもあげる」

ネオンはそう言って、魚を一切れフォークで刺しこちらに向ける。

これは、こちらもあーんする流れなのか？

こんなバカップルみたいなことをしないといけないのか？

「早く～。疲れるんだけど」

俺は覚悟を決めて、口を開ける。

「あ～ん」

口の中に、魚の旨味が広がる。

「美味い！」

「それは良かった。いろいろ聞かせてよ。頑張ったんでしょ？」

「ああ。ガルーラン砦ではスタンピードがあってだな……」

俺はここに来るまでの経緯を話す。ネオンもいろいろあったみたいだ。

どの業界も楽ではない。

楽しい時間はあっという間だった。

食後はだらだらと買い物を楽しんだ。

ネオンは商人の性か、売れるか売れないかで商品を見ていた。

日も暮れ始める頃、俺達は帰路につく。

家の前にまで戻ると、シャロンはまだ庭で鍛錬をしていた。

「送らなくて大丈夫？」

「大丈夫よ、もうすぐあいつが迎えに来るから」

あいつとはさっきのイケメンだろうか。

「さっきの人？　あの人って誰なんだ？」

「なに、気になるの？　教えてあげない。ネオンビル商会に戻ってきたら教えてあげる」

「……隠されると余計気になるな」

話していると、あのイケメンが現れた。

迎えに来るのも様になっているな。

「帰ろうか」

「そうね。じゃあね、シビル。商品仕入れたら北に行くからしばらく会えないけど」

「じゃあな。俺は出世して、いつか自分の領地を持つ。そうしたら、ネオン。御用商人を君に」

御用商人とは、領主お抱えの商人である。各種の御用聞きや物資の調達で便宜をはかってもらう代わりに様々な特権を与えられた特別な繋がりを持った商人だ。

それを聞いたネオンは笑う。

「気が早すぎ！　けど、ありがとう」

ネオンの笑顔を見た後ろのイケメンが少し驚いた顔をする。

「良かったな、姉さん」

ん？　姉さん？

もしや、弟ってこと？

それを聞いたネオンは頭を押さえる。

「はあー……」

「ごめん、姉さん」

弟君もばつが悪そうな顔をして、目を逸らす。

ネオンは顔を上げると、そのままシャロンのもとまで足早に向かった。

シャロンも突然の行動に驚き、剣を止める。

「貴方には負けないわよ」

「え？　あ、ああ……」

ネオンの突然の宣言。

シャロンも思わず、たじたじである。

「すっきりした！　じゃあね、貴方が食べさせてくれたお肉美味しかったわ！」

ネオンはすっきりした顔をして、弟君と共に去っていった。

◇◇◇

「姉さんが言ってたより、たくましかったな。そこまで弱そうには見えなかったよ」

ネオンの弟テトが、ネオンに話しかける。

「昔は弱そうだったのよ。顔が少しだけ軍人になってしまっていたわね」

「素直に軍を辞めて戻ってきてほしい、って言えばいいのに。寂しいんだろ？　ずっと席も空けて待ってるし」

ネオンの持つ台帳の従業員欄の二番目には未だにシビルの名が刻まれている。

それは台帳が更新されても変わることはない。

「うるさいわね。言える訳ないでしょ。流されただけだと思ってたけど、思ったよりいきいきとしてたんだから。私は戦えないから……」

ネオンは悲しげに呟く。

「だけど、最近は思うの。隣で戦うのだけが支えるってことじゃないって。何かあったときに帰る場所があればシビルも安心でしょ？」

それを聞いたテトが、頭を掻く。

「ただの友達のためにそこまでする？」

「ただの友達という訳ではないわ。あの人はネオンビル商会を共に立ち上げた戦友だもの。短い間だったけど、あの時間は何よりの宝物だった。楽しかったわ。もう一度一緒に働きたいなあ」

「本人に言えばいいのに。いつの間にか誰かに取られたりして。横に凄い美人の女性いたもんな。あんな綺麗な人、帝都でも見ないぜ」

「あんた、叩き出すわよ。横で支えるだけが女じゃないのよ。シビルに軍で何かあった後に支えてあげられるのは、軍とは関係のない私なのだから。それにしてもあの銀髪も、金髪も……。なんであんな美人ばかり周りにいるのよ〜〜〜〜！」

ネオンは叫んだ。その叫びは幸いシビルに届くことはなかった。

その夜、早馬でリズリーに報告が届く。

ハルカ共和国と隣接している国境付近の村が滅びたという。

村は百人を超える規模であり、男達は殺され若い女は連れ去られていた。

◇◇◇

「シビル君、隊を率いて国境付近の偵察をお願い。国境付近の村が滅ぼされたらしいんだけど、敵が不明でね。敵を発見したら、逃げても構わないからさ」

翌日俺はリズリーさんに呼ばれて、命を受けた。

「承知しました。こちらの隊の人数は？」

「五百預けるよ」

リズリーさんの言葉に、周囲から驚きの声が漏れる。

「偵察に五百は多いんじゃないか？　リズリー様は何を考えているんだ……」

だが、俺は別の意味を感じ取った。

「その人数ということは、勝てそうであれば交戦しても良いと捉えて構わないですか？」

「僕は軍についてよくわからないし任せるよ」

「畏まりました。すぐに出発いたします」

俺はシャロンとダイヤを引き連れすぐさま隊のもとへ向かう。

『村を滅ぼしたのはハルカ共和国？』

『ノー』

『村を滅ぼしたのはクラントン家？』

『ノー』

俺は敵の正体を特定すべくメーティスに尋ねていた。

俺の前には五百人の兵士達が綺麗に整列している。

「シビル殿に、礼！」

上官の命令により、一斉に礼をする兵士達。

兵士達の目は、こちらを探るような目や信じているような目など様々である。態度は悪くないが、心配そうな顔をしている。

「俺はシビル。これからこのシビル隊の隊長を務める。この隊はこれからハルカ共和国国境付近の偵察を行う。既に聞いているかもしれないが、国境付近の村が滅ぼされた。我等の役目はなんだ？」

「「「民を守ることです！」」」

「そう。善良な民が殺された。我等は必ず原因を特定し、仇をとらねばならない。正直、皆まだ俺を信じ切れてないと思う」

「い、いえそんなことは……」

上官っぽい男が反応する。

「いや、別にいいんだ。新人軍師ってのはそんなものだからな。例えばもし、戦力が同じとして敵がこちらの行動を全て知っていたら、勝てると思うか？」

「それは厳しいのでは？　行動が読まれていると、全てにおいて後手に回ります」

「その通り。戦場において、敵の行動という情報はなにより価値があるものだ。どこに、いつ居るのか、戦力はどれくらいか。それが俺にはわかる」

「何をおっしゃって――」

「俺のスキルは危機察知と未来予知を併せ持つ。相手の戦力がどれくらいか、どこからくるか。全て事前に知ることが可能だ。俺はこのスキルでアルテミア王国から勝利を勝ち取った。嘘だと思うだろう？　次の戦でそれを証明しよう。善良な民を殺した愚か者の名は山賊ボルドーの集団千人。それを一方的に蹂躙する！」

俺は大きく宣言する。

「ボルドーが⁉　ここらへんで暴れているとは聞いてないぞ？」

兵士達に動揺が広がった。

山賊ボルドーはハルカ共和国を大きく荒らしている山賊である。千という山賊とは思えない規模で多くの村を滅ぼしており、指名手配もされている大物だ。

手当たり次第に敵の正体を尋ねた結果、山賊ボルドーに辿り着いた。

「ハルカ側から国境を越えこちらに侵入してきたそうだ。現在国境付近の村を滅ぼし、山越えを企んでいる。敵が山越えで最も疲れている瞬間を潰す。シビル隊の初戦には十分の相手だ」

こうしてシビル隊、初の戦が始まる。敵は山賊ボルドー。


「しんどい……」

俺は山登りで顔を真っ青にしながら呟く。

「体力がないな、相変わらず」

「知能派なもんで」

シャロンの呆れたような声になんとか返す。俺達は山賊達を嵌めるために先んじて山登りをしている。が、これがとてもハードだ。

「そろそろ山頂も近いが、どう戦うつもりだ？」

「ボルドーは慎重な男だ。必ず先遣隊に行く先を確認させる。その先遣隊百人を三百人で一斉に潰す。そうやって敵戦力を削いだ敵の警戒心を前方に向けさせた後、背後である山頂から大量の丸太を落とす」

「なるほど。山賊達が山を下っているときを狙う訳だな」

「そのため大回りをしている訳だ。正面で戦うとこちらの犠牲も大きい」

俺達は山を大回りしながら登っている。ボルドーと鉢合わせしては全く意味がないからだ。登っている山は禿山なこともあり、策に使う木がない。皆、丸太を必死で担いでいる。

悪いが、山賊達には狩る側から狩られる側になってもらう。

◇◇◇

ボルドーは部下を連れ、山越えを行っていた。ハルカ共和国で村や町を荒らし続けた結果、共和国軍が遂に動き始めたので狩場を変えなければならなくなったのだ。

既に暗闇の中、月明かりのみがボルドー達を照らしている。

「まだ、帝国の奴等にはばれてないはずだ。パンクハット領だっけか。とりあえず追加で村何個か滅ぼして、女と食料を得ねえとなあ」

千人もいると必要な食料も多い。山賊として山を根城にするのは慣れているとはいえ、楽とは言えなかった。

食料を先の村で略奪したが千人の腹を満たすほどの十分な量はなく、無理な山越えをしたため部下の疲労は大きい。

「お前ら、念のため前方見てこい。何かあったらすぐ報告しろ」

「……へい」

部下達も疲れているため不服そうだが、頭目であるボルドーに逆らうこともできずに静かに偵察に向かう。

だが、数十分経っても先遣隊が戻ってこない。百を超える山賊達がだ。その事実にボルドーは警戒心をあげた。

「魔物の群れでも出たか？　そんな情報聞いてなかったが……お前ら警戒しろ」

ボルドーが何者かに襲われているのに気づいたのは、何かの音を聞いた部下が少し様子を見に離れただけなのに戻ってこなかったときだ。

（まずい……。完全に狙われてやがる。これは獣じゃねえ。人間だ。パンクハット軍か？　だが、軍如きに俺達の山越えが予想できるとは思えねえ。裏切者か？）

「ギャアア！」

部下の悲鳴が聞こえる。またどこかの隊がやられたようだ。

敵の数も、敵が誰かも、どこにいるのかもわからないボルドーの思考が止まる。だが、やられているのはわかった。

「そういえば、お前。昨日の夜どこかに行ってなかったか？　お前、俺達をパンクハット軍に売りやがったな！」

「お頭ァ！　あれは只のトイ――」

ボルドーは遂に部下の一人を捕まえ、叩き斬る。

「クソがッ！　一体どうなってやがるんだ……」

ボルドーが悪態をついたとき、上から何か音がした。

「お頭、丸太が！」

「ああ？」

直前まで丸太が迫ってきてようやく気づく。大量の丸太がこちらに落とされているという事実に。

「ギャア！」

「グエッ！」

次から次へと降ってくる丸太を見て完全に嵌められたことに気づく。

「放て！」

命令と同時に降り注ぐ矢の雨。部下達は多くが怪我をし逃亡する者も多い。

「畜生！　何者だお前！」

ボルドーは大剣を抜いて叫ぶ。

「狩られる側になった気分はどうだい、ボルドー？　あの世で虐殺した村人達に謝罪しろ」

ボルドーは若い男の声を聞いた。そして次の瞬間には腕を凄まじい速度の矢で射抜かれていた。

「グウ！」

（凄腕の射手がいやがる！　こんな化物部隊聞いてねえぞ！　帝国騎士団の精鋭が待ち構えてやがったのか？）

ボルドーは完全なる敗北を理解し、逃亡する。彼の判断は正しい。だが、悲しいことにそれすらメーティスは見透かしていた。

そんなとき、目の前に現れたのは馬を駆り襲い来る白銀の女騎士。

その美しさがかえってボルドーにとって死神を彷彿とさせた。

「舐めるな！」

覚悟を決めたボルドーは背中のバトルアックスを手に取ると、戦闘態勢に入る。

そして、死神シャロンと交差する。

一閃。

次の瞬間、ボルドーの首が刎ね飛んだ。

「ボルドーは、シビル隊シャロンが討ち取った！　後は烏合の衆だ。殲滅しろ！」

「「「応ッ！」」」

シャロンの言葉にシビル隊は大いに沸き、山賊達は恐怖で顔を歪ませた。

夜明けには八百を超える骸が山に転がることになった。

◇◇◇

ボルドーを赤子のように仕留めた俺は、シビル隊の兵士達の信頼を完全に勝ち取った。今回の任務を評価されたシビル隊はその後も国境駐屯任務を請け負うこととなった。それにより、一ヶ月近くシビル隊は国境付近で猛威を振るい続ける。

全ての動きを完全に読み、襲い掛かって来るシビル隊は敵からするとまさに恐怖の象徴であった。常勝を続けるシビル隊は皆、顔も明るい。

「最近、国境付近では不敗の隊長シビル、って呼ばれているようだよ」

ダイヤが言う。

「まあ、負けなしだからな。良いことだ」

「最近、僕の出番少なくない？」

とダイヤが俺に言う。

「い、いやダイヤ、お前は最終兵器だから今は温存だ。来るべきときまで、体を温めておいてくれ」

平地すぎて、出番がないなんて言い辛いな……。

「わかったよ！　やっぱりシビルのことだからなにか考えがあるんだよね？　僕のこと忘れてたんじゃないかと思ったよ」

「そ、そんな訳ないだろ、ばか」

ははは……忘れてた。俺は咄嗟に顔を逸らす。話題を変えよう。

「そういえば、若いのになんでリズリー様が当主を継いだんだ？」

俺は兵士の一人に尋ねる。

「前当主のロンド様はリズリー様が若い頃に事故で亡くなったのです。ロンド様は優秀で素晴らしい当主でした。リズリー様も昔は優秀だったと聞いていますが、ロンド様が亡くなったショックからか、遊び惚けるようになり現在のように」

「優秀な父が亡くなって、か。リズリー様も大変だったんだな」

若い当主ってだいたい苦労人だよなあ。

「最近、ハルカ共和国軍のちょっかいもめっきり減ったもんね。こっち見たらすぐ逃げるし」

「シビル隊を避けてるみたいだな。利口だが、少し困る。若いから舐められて襲ってくると思ったが」

「あれだけ負けたら、そんな馬鹿なことしないでしょ」

一度、隊長を討ち取ってからはすっかり大人しい。

勝ち戦に盛り上がり昼から酒盛りをしていると、来客がやってきた。

「昼から酒か」

呆れたような顔をしたのはパンクハット軍の幹部であるトリートさんだ。

「お疲れ様です、トリートさん」

「流石、あのリズリー様から寵愛されているだけあるな。そんなシビル隊に仕事だ。南のカルタ村近くに野盗百が現れたらしい。シビル隊も百を出してすぐに討伐してこい。残り四百人はこのまま守備を。敵ルートはこうだ。この高地で待ち伏せすればすぐに倒せるだろう」

地図を貰うが、村は山峡を進んでようやく辿り着くような僻地らしい。それにしても敵の情報がっつり漏れてるな。

「承知しました。こちらの持ち場に交代の軍は来るんですか？」

「そんな心配はしなくてよい。早く行け」

トリートさんはそう短く言うと、馬を駆って去っていった。

「態度悪いっすね」

「最近目立ってる俺達が嫌いなんだろ。あの人、プライド高いし」

目立つと悪いことも多いねえ。

『カルタ村の近くに野盗は居る？』

『ノー』

あれ、居ないの？　デマか？

『トリートは嘘をついている？』

『イエス』

まじかよ。めっちゃ嫌われてるじゃん。味方から早速の裏切りじゃん。

『これは罠？』

『イエス』

はい、罠いただきましたー。

『軍が待ち伏せしている？』

『ノー』

『野盗が待ち伏せしている？』

『イエス』

ということはあれか。待ち伏せしろ、って言われた高知にのこのこ行くと罠にかかるってことか？

『野盗はこの高地で待ち伏せする俺達を狙える場所に潜む予定？』

『イエス』

詳しく尋ねると、どうやら高地の後ろは森のようで、到着した瞬間の俺達を襲うつもりらしい。

『野盗とトリートは繫がっている？』

『イエス』

新人が活躍したからって、殺しに来るとは……。いい加減帝国の治安の悪さが心配になるな。

足の引っ張り合いばかりしてるから成長できないんだよ、本当。

「シビル、百程度ならすぐだろう。早く終わらせるぞ」

シャロンが既に用意を終えて、こちらへやってきた。

「うーん、これ罠っぽいね。この地図の高地に行ったら、野盗に囲まれるみたい」

「どういうことだ？　こちらの動きが逆に相手に漏れているということか？」

「トリートと野盗は繋がっているみたいだな。嫌になるね」

それを聞いたシャロンが顔を歪める。

「ふう……どこもかしこも腐っているな」

「だけど、逆を言えば狩りやすい。敵は俺達が罠にかかると思っている訳だからな。シビル隊の強さを教えてやろう」

「だな」

『野盗の規模は百人以上？』

『イエス』

『野盗の規模は三百人以上？』

『ノー』

『野盗の規模は二百人以上？』

『イエス』

二百以上、三百未満か。敵の数は倍以上だが……余裕だな。

俺は百人選抜すると、号令をかける。

「お前達、最近は小粒な戦ばかりで飽き飽きしていただろう。南の馬鹿共にシビル隊の強さを教えてやろう！」

「「「応！」」」

俺達は南へ進軍する。愚かな野盗達を仕留めるために。

◇◇◇

「遅えな……」

少し苛立ちを込めて野盗頭《やとうがしら》は呟く。

トリートとこの野盗達は既に何年もの付き合いになる。頭はトリートに略奪金の一部を渡すことで、軍の動きを教えてもらっていた。

逆にトリートと仲の悪い将校を襲うことで、トリートから金を貰うこともしばしばあった。

今回は百人の軍を二百五十の野盗で殺してほしいという依頼。

この高地に軍が布陣すると事前に聞いていたので、その油断した軍を後ろから不意打ちで仕留める簡単な任務のはずだった。

だが、既に予定より四日も遅れている。

四日も神経をすり減らしながら、森の奥に潜むのは彼らにとっても楽ではない。

「ポンコツとは聞いていたが、四日も遅れるなんてどんな軍なんだよ」

悪態をつくも、金を貰った以上待つしかなかった。

「お頭！　村の付近で軍服を纏った兵を見やした！」

「嘘つけ！　村に行くにはこの高地の下の道を通るだろ！　百の軍を見逃したってのか？」

「わかんねえんですが、村の安全を確認しに他の道を通って行ったんでしょうかね？」

「お頭、村まで見に行きましょうや。もう食べ物もありませんぜ」

頭は考える。

部下の報告が本当なら、村に行った方が早い。だが、それではせっかく不意打ちできる場所を失うことになる。

だが、敵軍がいつこちらにやってくるかわからない以上、食料が持たない可能性があった。

「仕方ねえ……村を見に行くか。カルタ村は襲うなって、トリートに言われているから行きたくねぇんだよなあ」

頭は高地から降り、村を見に行くことを決めた。

翌日、野盗達は結局村へと辿り着いたが、シビル隊を発見することはなかった。

「ちっ！　早く高地に戻って森に再び陣取るぞ」

野盗達は疲れた体に鞭を打ち高地の崖を登る。

そして登り終えた野盗達は、森の茂みで光る何かに気づく。

「放て！」

シビルの号令と共に、矢の雨が野盗達に突き刺さる。射られた野盗達が次々とバランスを崩し、高地から落下していった。それと同時に森からシビル隊百人が姿を現す。

「どういうことだ!?　タイミングが良すぎる。トリートの奴、裏切ったのか？」

先行して崖を登っていた部下達が次々と討たれていく姿を見て、危険を察した頭は撤退に入ろうとした。

だが、そこで気づく。足がまるで沼に入ったように捕らわれていることに。

「ここは昨日まで沼じゃなかったはず。どうなってやがる⁉」

あらかじめダイヤが地面に魔力を込めており、彼等が登り始めたとき崖下の地面を沼地に変えたのだ。

（わからねえ……だが一つだけわかることがある。このままじゃ殺される。敵は雑魚じゃねえ。全て敵の計算でこうなってやがる）

頭は血の気が引いていくのを感じていた。

頭はぬかるむ地面からなんとか足を取り出し、逃亡を開始する。

「なんとか逃げ切って……ぐっ⁉」

頭の眉間に、矢が深々と刺さる。

その矢が飛んできた先には、シビルが立っていた。

「さようなら、名も知らぬ野盗頭よ。頭は俺が討ち取った！　シビル隊の強さをみせつけろ！」

その言葉にシビル隊は大いに沸き、野盗達は動かない足を必死で動かし逃亡を図っている。

既に敵の数はシビル隊と同数まで減っており、その数がゼロになるのにそう時間はかからなかった。

トリートはリズリーの館で紅茶を飲みながらシビルの敗報を心待ちにしていた。

（ふふっ。馬鹿が。少し策が練れるからといって、調子に乗るからこうなるんだよ。高地が有利と思ってのこのこ行ったら、逆に襲われる。しかも敵の人数は倍。一刻も持つまい）

そんなとき、館に報告が届く。

「南に行ったシビル隊の報告が届きました！」

兵士の言葉を聞いて、トリートは内心ほくそ笑む。

「おお、そうか。どうだったんだい？」

「一人も死ぬことなく、二百五十の野盗を仕留めたと。頭領の顔を見るに、最近メチル様を討った野盗達かと」

その言葉にトリートは顔色を失う。

（なっ!?　あいつらが負けただと？　倍の人数差があったはずだ。それに完全に不意打ちできるようお膳立てもしたのに……。やばい。奴が生きていたら、嘘の報告をしたことがばれてしまう！）

トリートはシビルには百人と言ったが、リズリーやエルビスには二百五十人だと報告していたのだ。

動揺して爪を噛んでいたトリートのもとへシビルがやってくる。

「お疲れ様です。ご報告に、参りました」

シビルはちらりとトリートに目線を向けた。

「や、やあ。シビル君、お疲れさまだね……中々の激戦だったんじゃないか？」

声が僅かに震えていた。

「いえいえ。トリートさんに教えていただいた高地のお陰で、簡単に倒せましたよ。ありがとうございます」

にっこりと笑うシビル。

「そうか、それは良かった……」

「ですが、こちらの情報が敵に漏れていた可能性があります。それは由々しき事態です。トリートさんも、気を付けた方がよろしいかと。情報漏洩は重罪ですから。ねえ？」

「そ、そうだな……気を付けよう。失礼する！」

トリートは真っ青になって去っていった。

◇◇◇

トリートを脅した後、俺はそのまま国境付近の警備に戻った。

あれ以来、トリートが絡んでくることは一度もない。

再び穏やかな日々に戻ったと言えるだろう。

「うーん……最近戦が減ったな。そして規模も小さい」

俺はのびをしながら呟く。まあ、そんな頻繁に戦ばかり皆してられないから当たり前か。

「良いことじゃないか。むしろ最近までが戦いすぎなんだよ」

ダイヤは呑気にラックボアの肉を焼いている。

油が滴っていてとても旨そうだ。軍の配給はそこまで多くないため、多く食べたい者は各自魔物を狩って食べている。

ダイヤから手渡されたラックボアの串焼きを食べる。

「羽を休めるのも仕事のうちさ。僕はあと三ヶ月、いや半年はゆっくりしたいね」

それくらいゆっくりできたらいいかもしれないが、どうだろうか。確認してみるか。

『これから三ヶ月の間に敵が二千を超える戦はある？』

『イエス』

あるのか。二千は流石に今の隊の規模だと厳しいな。

『三千を超える戦はある？』

『イエス』

これは結構な規模だな。ハルカ共和国を怒らせすぎたか？

『五千を超える戦はある？』

『イエス』

『一万を超える戦はある？』

『イエス』

嘘だろ？　一万？　そんなの小競り合いじゃない。本当の戦争じゃねえか。

『敵はハルカ共和国？』

『ノー』

え？　ハルカじゃない？　どこだ？　もしかして……。

『クラントン伯爵家？』

『イエス』

来てしまったか。

暗殺者達を仕留めて以降は大人しいから諦めたと思ったが……。

俺は確かにカルロのことは許せないし、ぶん殴る予定だったが、この規模だと死人がいくらでるかわからない。

個人の喧嘩の結末としては規模が大きすぎる。

「また、何か知ってしまったのか?」

シャロンが俺の様子がおかしいことに気づいて尋ねる。

「ああ。戦だ。しかも一万を超える軍勢とな」

「本当か!? うちに一万を超える軍勢と戦える兵力なんてとてもじゃないがないぞ!」

「知ってるよ」

この後もメーティスに尋ねると、どうやら敵軍は一万人。一方パンクハット軍は四千人程度。実に二倍以上である。

「皆、一旦ゲインに帰るぞ!」

俺はリズリーさんにこれを伝えるために一度帰ることを決意した。

4章 いくらでも演じよう

Chapter. 04

fuhai no ZAKO shogun

馬を駆り、リズリーさんの屋敷に辿り着く。執務室に居たようですぐに会うことができた。

「シビル君、久しぶりー。大活躍は聞いているよ」

リズリー様は俺の姿を見るといつものように、にこやかに笑った。

「突然の訪問申し訳ございません。ご報告したいことが。クラントン軍一万が二ヶ月後こちらに進軍を計画しております！」

俺の報告を聞いた、リズリー様の顔からにこやかな笑顔が消える。

目は全く笑っていないのに、口角を大きくあげて、歯を見せてにたりと笑った。

だが、それは一瞬のこと、すぐにいつものにこやかな表情に戻る。

今のは……気のせいか？

「そうなんだ。大丈夫だよ、大丈夫！　勝てる勝てる」

と楽観的に笑う。

「戦うおつもりですか？」

大丈夫なのか？

「そりゃあ、相手が来るなら仕方ないよねえ」

「何か策が？」

「策はこれから考えれば大丈夫だよ。報告ありがとう。後で皆に相談しよう」

この人は正気なのか？

いくら何も考えていないとしても、明らかにこれは危機のはずだ。

何かがおかしい。

本当にこの人は何も考えていないのか？

『リズリーさんは本当にクラントン家との戦いについて何も考えていない？』

『ノー』

やはり。

『本気でクラントン家に勝つつもり？』

『イエス』

本気で勝つつもりということは……。

『前からクラントン家との戦いを考えていた？』

『イエス』

つまり普段のふるまいは偽りで、何か大きな目標のために動いている？

まさか……。

『俺を雇ったのは、クラントン家との戦いを期待して？』

『イエス』

なるほど。なぜクラントンと揉めそうな俺を雇ったのかと思ったが、それ自体が目的だったのか！

『無能を装っている?』

『イエス』

全てが繋がる。

ある。何か大きな目的が。

俺の目は節穴だったようだ。今まで周囲の情報や、偽りの姿に騙されていた。

だが、雇い主が優秀であるというのは得難い幸運である。

「急に真剣な顔で考え込んでるね。クラントン家との戦いが心配なの?」

「いえ、主が本気で戦うつもりであれば軍師として全力を尽くすのみです。ですが、命を懸けるのであれば、主の本当の目的を教えていただきたい」

俺はリズリーさんに尋ねる。

「目的って……襲ってくるから戦うだけだよ。何も理由なんて――」

「クラントン家と戦うために私を雇ったでしょう?」

俺の言葉を聞き、リズリーさんの目が大きく開く。

「何を言っているんだい? 考えすぎだよ。ただ君が軍師として優秀そうだからだよ」

「リズリー様、貴方はまだ私のスキルを知りませんでしたよね。私のスキルは『神解』。質問の答えが『イエス』か『ノー』かでわかるというものです。私のスキルが言っています。貴方は無能を装っていると。そんなことをするには理由があるのだと思います。どうか、私に事情を、貴方の真の目的を教えていただけませんか?」

俺の言葉を聞いたリズリーさんはいつものにこやかな表情を止めた。

そして、しばらくの沈黙の後、口を開いた。

「なるほど。そんなスキルを持っていたとは。能力くらいは聞いておくんだったよ。スキルすら聞かない無能を演じていたつもりだったがやりすぎたらしい」

「いったいいつから演じていたのですか？」

「そうだな……もう十年になるだろうか。聞いたスキルが本当であれば隠し事も意味をなさないだろう。俺の真の目的は俺の父を殺したバーナビーを殺すことだ」

いつものにこやかな表情は消え、真面目な顔になるリズリーさん。

この国のバーナビーと言えば、二大貴族のバーナビー公爵だろう。だが、あまりにも大物。皇帝を除けばこの国でツートップの権力者だ。

「お父様の死は事故と聞いていますが……」

俺の言葉を聞いたリズリーさんは乾いた笑いを見せる。

「俺も最初は何も知らずにそう思っていたさ。父は正義感に溢れ、そして人の善性を信じすぎる人だった。父はパンクハット領からマフィアなどの裏組織を消したいと常々考えていてな。そのマフィアの大元を追っているうちにバーナビーに辿り着いてしまった。奴は実は公爵であると同時に帝国のマフィア界の首領だった。それを知った父は証拠を持って直接バーナビーのもとへ説得に出かけた」

「それは……」

無謀と言わざるを得ない。

国の上層部にマフィア界の首領がいるなんて、とんでもないスキャンダルだ。

たとえ国に訴えても、消される可能性が高い。ツートップの一角が崩れるということは、国が傾くということだからだ。

「話し合いがどうなったかは俺にはわからない。だが、父が帰り道に殺されたことを考えるとおそらく説得は失敗したのだろう。そのとき俺はまだ十二歳で、何も知らなかった。野盗に殺されたという報告に違和感を抱きつつも、何もしなかった。葬式にはバーナビーも参列していたよ。丁寧な弔辞を述べていた。私がしっかりと見送っていれば、すまないと。今思うと、息子がその事実を知らないか確認するために来ていたんだ。俺はその言葉を聞いて、素直に良い人だと思っていた。笑えるよな」

リズリーさんは自嘲するように笑った。

そのときのリズリーさんの思いを考えるだけで胸が痛い。笑えないよ、ちっとも。

俺は沸々と怒りが湧いてくる。

「それから二年後、俺は新領主として周囲の助けを借りながらなんとかやっていた。ある日、父の残した資料を見ていると、バーナビーについて書かれた資料を発見した。そこには、俺への手紙もあったよ。説得に失敗したら死ぬかもしれないこと、そして俺にすまないと、そう書かれていた。資料はすぐに燃やして、仇を討つような真似は止めるようにともね」

お父さんの気持ちもわかる。正義のため自分で動かずにはいられなかったのだろう。

だが、死ぬ可能性も勿論予想していた。息子にも同じように死んでほしくない。そう思ったのだろう。

けど、そんな真実を知って、何も知らないふりをして生きるなんてことできる訳がない。

「許せない……！　お父様は何も間違ってなどいません。お父様の仇を、そして悲願を叶えましょう！　私もお供いたします。そのために無能を演じていたのですね」

「俺は説得など、交渉などしない。必ず父の仇をとる。だが、現在のパンクハット領の勢力でバーナビー公爵家に立ち向かうなど無謀だ。バーナビー公爵家を超えるそのときまで、力を蓄える」

「無能を演じ、馬鹿にされるのもお辛いでしょうに……」

無能をわざと演じているのであれば、自身の評判にも気づいているだろう。それがまた悲しかった。

「いくらでも愚者を演じよう。それで仇が討てるのならば！」

リズリーさんは力強く、はっきりと言いきった。

目的のためならいくらでも泥をかぶり、恥をかくという強い覚悟が感じられた。

「その強い覚悟、敬服いたしました。共にバーナビー伯爵家を討ちましょう、リズリー様」

俺は跪いて頭を下げる。

「俺も君を信じよう。シビルよ、君の力を貸してくれ。不敗と呼ばれるその力を」

「必ずやリズリー様に勝利を」

「ありがとう、シビル。俺の正体を知るのは、軍の中ではエルビスだけだ。何かあれば彼に相談するといい」

「承知しました。バーナビーを討つという目的はわかりましたが、そのためにまずはクラントン家を、ということですか？」

「ああ。クラントン家はバーナビーの下に付く貴族の中でも有力者だ。特にクラントン領の主要都市クロノスは帝国中央の交流地点。あそこから多くの金がバーナビーのもとへ流れている。そこを奪い取り、奴の力を削ぎたい」

資金源を断ちたいということか。こちらの資金も増えるし一石二鳥といえるだろう。

「なるほど。既に策が？」

「エンデはこちらは四千だと思っているだろうが、既にガルシアに応援を頼んである。奴とは十年以上の長い付き合いだ。ガルシア軍が二千人援軍として来るので、こちらは六千だ。数では不利だろうが、なんとか勝たねばならない。明日、ちょうどガルシアがやってくる。お前も軍議に参加してくれ」

「はい。必ずや勝利を」

ガルシア軍とも連携を取らねば勝つことは難しいだろう。俺は家に帰った後も、戦いについて考えていた。


翌日、俺達は館の一室で机を囲んでいた。リズリーさん、軍の総隊長であるエルビスさん、ガルシア男爵、俺の計四人だ。

「皆、今日は集まってくれてありがとう。ガルシア、実はクラントン家が本当に攻めてくることがわかったんだ。力を貸してくれないか？」

それを聞いたガルシア男爵の顔が驚きに変わる。

「なんで⁉　い、いや揉めていたと言っていたもんな……。だが本当なのか？　クラントン家の軍は総勢一万近い。本気で戦う気か？」

　ガルシア男爵はおそらく本当に戦闘になるとは思っていなかったのだろう。未だに信じきれていないようだ。

「悪いが事実だ。君の力が必要なんだ」

「……わかった。俺も兵を出そう。だが、前にも言ったがこちらは二千程度だ。まだ大きな戦力差があるが、大丈夫なのか？」

「そこは、戦術でカバーだよ。ほら、ここに無敗の軍師がいるから！」

　そう言って、リズリーは俺を指さす。

「ガルシアさん、こちらも精一杯戦術を考えますのでよろしくお願いします」

「シビル君。さっきクラントン家が攻めてくるのがわかったと言っていたが、なぜわかったんだい？」

「私のスキルは未来予知と危機察知を併せ持ちます。クラントン家が攻めてくる未来が見えました。勿論なんでも未来が見える訳ではないんですけどね」

「なるほどね。頼りになるスキルだ。それでこちらの戦力なんだが弓兵が大半だ。後は魔法使いが二十人ほど。歩兵や騎兵は少ないから、できれば後方に配置してくれると助かる」

「弓兵と魔法使いですか。助かります。わかりました、パンクハット軍を前方に、ガルシア軍を後方に配置します」

「ありがとう！　頼りになる軍師が居て、パンクハット軍は安泰だな」
と笑顔で肩を叩かれる。
その後も軍の配置等を話し合い、今日のところは軍議終了となった。
解散後、俺は幹部にどこまで戦略を伝えるか考えていた。
仲間を疑うべきではないが……疑うのが俺の仕事だ。
『幹部に裏切者が居る？』
『イエス』
ふう……。心当たりがあるんだよなあ。
『裏切者はトリート？』
『イエス』
一発かよ。裏切者としてそんな目立っていいのか？
『トリートはクラントン家と繋がっている？』
『イエス』
ここで即捕まえても良いが……泳がすべきか？
『トリートは泳がせるべき？』
『イエス』
よし、そうしよう。メーティスさんが正しい。
『トリート以外の幹部に裏切者は居る？』

『ノー』

良かった。

流石に何人も居たら、勝負にならんからな。

下っ端にもいるんだろうけど、それは後でゆっくり炙りだそう。

ガルシア男爵も、悪いが一応確認させてもらう。

疑うのが仕事なものでね。

『ガルシア男爵はパンクハット家を裏切っている?』

『イエス』

「嘘だろ……」

唯一にして最大の援軍であるガルシア男爵裏切りの情報に、俺の脳はフリーズした。

◇◇◇

アンネは引っ込み思案な少女だった。

人が怖く、小さい頃の遊び場といえば母の働くパンクハット家の庭や屋敷だった。だが、そこでも人が来ると庭の生垣に隠れていた。

「こんにちは、お嬢さん。かくれんぼかな?」

「う、うん……」

知らない少年に声をかけられたアンネは、咄嗟に隠れたことをかくれんぼと偽った。

「じゃあ、一人より二人の方が楽しいよ。一緒にしよう？」

「うん」

自分より大きい少年は笑顔で言った。人懐っこい笑顔にアンネはすっかり怖さを感じなくなっていた。

「あんた、それはリズリー様よ。とても良い人だから、仲良くね」

その夜母から、昼に遊んだのはパンクハット家の次期当主であることを知らされた。偉い人と聞いたが、偉いのに威張らないいんだなとアンネは子供ながらに思った。

それから数年、アンネはすっかりリズリーに懐き、リズリーもアンネを可愛がった。

リズリーも当主であるロンドも優しく、アンネはパンクハット家が大好きになる。

そんなとき、ロンドの訃報がパンクハット家に届く。

リズリーも屋敷の人も皆、泣いていた。アンネも皆に釣られるように涙を流した。

それから屋敷の雰囲気は変わってしまった。空気が悪くなり、リズリーも考え込むことが増えた。

「リズリー様！　見てください、この薔薇。とっても綺麗に咲きましたよ！」

アンネはそんなリズリーを元気付けようとよく声をかけた。

「そうだね、アンネ。綺麗だ……」

リズリーは力なく笑う。

リズリーはまだ十二歳にもかかわらず、当主として働き始めなければならず、どんどん疲れを溜めていた。

（リズリー様、とっても忙しそう。私がメイドになって支えてあげないと！）

アンネはリズリーの専属メイドを申し出る。それはあっさりと叶い、アンネは必死でリズリーを支えた。

リズリーは朝から夜中までとにかく領民のために働いていた。

「少しはお休みください。体を壊してしまいます」

「ありがとう、アンネ。けど、僕は父さんに比べて知らないことばかりだから。足りない分は時間を費やすしかないんだよ。僕の双肩には、領民の生活がかかっているんだ」

まるで命を燃やしているような働き方に、アンネは少しでもリズリーの負担が減るように努めた。

メイドとして働いて数年、リズリーの様子がおかしいことに気づく。

優しく思慮深かったリズリーが外で遊び惚けるようになる。

「リズリー様、当主の仕事を投げ出して遊び惚けているらしいぞ」

「夜の街でリズリー様を見たぞ。日中も庭で寝てばかりいるそうだ」

「若くして父を喪ったんだ。無理もない……」

領民は好き勝手にリズリーの噂話を楽しむ。

（お前達にリズリー様の何がわかる！　リズリー様がどれだけ民のために頑張っていらっしゃるか……何も知らない癖に！）

周囲の噂とは裏腹に、リズリーは人の見えないところでは必死に働いていた。

アンネはリズリーが人前では怠け者のように意図的に振舞っていることに気づく。

(リズリー様のこと、何か深い理由があることは私にもわかります。ならば私もそれを知らないふりをいたしましょう。貴方が望むのであれば)

そんなとき、アンネの母が病床に伏す。

母の病状は悪く、治療にはとてもお金がかかった。自分がメイドを辞めると、治療費はとてもじゃないが払えないだろう。

だが、治療を続けても延命にしかならず、死に近づいているのはアンネも肌で感じていた。

母は口には決して出さなかったが、最後のときをアンネと過ごしたそうにしていた。

(仕事を辞めれば母とは一緒に居ることはできる。けど、それでは治療費が……。それにあんな命を削っているリズリー様を一人にはできない)

アンネは板挟みにあう。母も、リズリーも大好きだったからだ。

そんなとき、リズリーがアンネの部屋にやってきた。

「アンネ、仕事はいいから早くお母さんの所に行ってあげな。治療費は心配しなくていい。彼女には今までずっと僕もお世話になった」

リズリーは昔のように優しい笑顔でそう言った。

「リズリー様の優しさにそこまで甘える訳には……」

(仕事もせずに、治療費を出してもらうなんて。そこまで迷惑はかけられない)

「ここからは雇い主ではなく、一個人として話させてもらうよ。僕は父の死に目に会えなかった。お母さんにとって、娘は君だけなんだよ。同時に、アンネにとってもお母さんは一人だけだ。代わりなんていない。最後まで面倒を見てあげなさい。このままじゃきっと後悔する。お金のことなら心配は要らないから」

リズリーはアンネの手を両手で包み、優しく言った。

（貴方は優しすぎます……。自分も辛いのに、相手のことばかり！　だけどそんな貴方だから私は……）

気づけばアンネの頬に涙が伝う。

リズリーの好意に甘え、母が死ぬまでの半年間アンネは母に付き添うことができた。

母の葬儀を終えて、アンネは誓う。

残りの人生は、リズリーへの恩返しに使おうと。

十五で得た暗殺者のスキルを彼女は喜んだ。

彼の行く手を遮る者を全て断てると。彼女にはメイドよりも暗殺の才があった。

彼女は日中メイドをこなしながら、日々鍛錬を重ねている。

そんなアンネは現在、クラントン領のとある屋敷に居た。多くの兵士が屋敷を守っており、要人の家であることがすぐにわかる。

その中でアンネはある男と対峙していた。その右手には血塗れのナイフが光っている。

「うちの送った暗殺者を全て殺したのはお前か……」

そう呟いたのはブラン。クラントン家の内政のトップを担う男だ。オールバックの髪には白髪が交じっている。

「あんな雑魚ばかり送られてうんざりしてたの。もう終わらせてもらうわ」

ブランを警備していた二人の兵士は既に首を斬られて絶命していた。

「あの男、清廉潔白そうな顔をしてこんな化け物を飼っているとはな。このような少女に暗部を押し付けるなんて、汚い男よ」

馬鹿にしたようなブランの言葉に、アンネは殺気をむき出しにする。

「黙れ！　私が勝手にしているのよ。愛故にね」

それを聞いたブランは、少しだけ驚くような顔をする。

「なるほど。単独行動か。舐められたものだな。この俺がこんな警備だけで居ると思うか？」

その言葉と同時に天井から一人の暗殺者が現れ、アンネの首を狙いナイフを投げる。

放たれたナイフはアンネに届くことなく、空中で何かに弾かれる。

暗殺者は警戒心を強めつつも、自らアンネを狙うために襲い掛かる。

だが、その暗殺者の動きがぴたりと止まる。まるで何かに、搦めとられたかのように。

「これは……糸⁉」

暗殺者は自らの手足に纏わりつく糸に気づく。

「私が貴方に気づいていなかったとでも。死になさい」

アンネが両手を広げた瞬間、暗殺者の首が刎ね飛ばされる。

「ここまでとは……」

　ブランは何かを悟ったように、小さく笑った。

「あら、諦めたのかしら？」

　その様子を見て、アンネは首を傾げる。

「なに、散々悪行を積んできたんだ。死ぬ覚悟くらいはできているさ。地獄でお前の主人が来るのを待っててやるよ」

　その言葉を聞いたアンネの眉が僅かに歪む。

　ブランの首が刎ね飛ばされた後、アンネが吐き捨てるように言った。

「地獄へは一人で行け。これで少しは安全になったかしら？　今から帰ってもリズリー様への給仕は間に合いそうにないわね」

　溜息を吐いた後、アンネはブランの屋敷を出た。


　場所は変わり、クラントン家の一室では、エンデとガルシア、そしてクラントン軍隊長であるドットが密会していた。

　ドットは全長二メートル近い、禿頭の大男である。その顔は傷だらけで、一目で歴戦の将であることがわかる風貌であり、クラントン家の武を担う男とも言えた。

　そんな三人のもとへ、ブランの訃報が報告される。

　報告を受けたエンデの顔が歪む。

「馬鹿な……！　リズリーの仕業か？」

エンデはガルシアに目線を向ける。

「いえ、誓って知りません！　知っていたら勿論エンデ様に報告致します。私が裏切れないことはエンデ様が一番知っているはずです！」

ガルシアは自分の裏切りを疑われ、必死で弁明する。

「貴様、裏切ったらどうなるかわかってるだろうな。ともあれ、リズリーがお前にも内緒で動いたということか。あちら陣営の情報はもうわかった。これからも定期的に情報を寄越せ。もう行け」

「はっ。失礼します」

ガルシアはその言葉を聞き、静かに席を立った。

「ブランがやられるとは……本当にリズリーの仕業でしょうか？」

ドットが尋ねる。

「わからん。ぼんくらリズリーが暗殺を企むとも思えんが警戒するに越したことはあるまい。ガルシアという毒は既に内部に染み込んだ。必ずパンクハット領の肥沃な土地を奪うぞ」

「お坊ちゃまのためですか？　甘いですな」

ドットの言葉を聞いたエンデは顔を逸らす。

「そう言ってくれるな。年を取ってからの息子なせいか、甘やかしてしまった。まだまだ安心して家督は任せられん。カルロのために、肥沃な土地が欲しい」

エンデは別にカルロの我が儘で戦いを始めたのではない。パンクハット領の肥沃な土地が欲しかったのだ。

「プレゼントに領地とは規模のでかい話です。そんなことをするより、もっと簡単にクラントン家を安泰にする方法がありますよ。お坊ちゃまをしっかり鍛えあげることです。今回の戦にもお坊ちゃまを出すつもりですか？」

「五月蠅いわ、ドット。ああ……出ると言って聞かんからな。後方で、精鋭をつければ大丈夫だろう」

「戦いの規模は大きいですが、敵自体は弱いでしょうからな。箔も少しは付きましょう。開戦は一ヶ月後でよろしいですか？」

「その頃には、兵站の都合もつく。大義名分もできた。ブランの弔い合戦と言って、大々的に宣戦布告しろ」

「承知」

ブランの死を経て更に、戦は引けないところまで来ていた。

◇◇◇

一方、屋敷を出て馬車で帰路についていたガルシアは、項垂れながら呪いのようにぶつぶつと呟いていた。

「許してくれ……リズリー。すまない、すまない……」

「ええ!?　ブラン死んだの？　そして、クラントン家からの宣戦布告!?」

俺は借家でブラン死亡の報告を兵士から受け、声を上げた。そして、クラントン家から正式な宣戦布告を受けたらしい。

一ヶ月後にこちらを襲うと正式な文書で届いたようだ。

情報が……情報が多い！

ブラン死亡はこちらからすれば朗報以外のなんでもない。

『ブランを殺したのは、パンクハット陣営？』

『イエス』

そうだよな。うちに、俺の知らない暗殺部隊でもいるのか？

リズリーさん、俺に内緒で暗殺部隊飼ってる感じ？

『パンクハット家には暗殺部隊が居る？』

『ノー』

どういうことだ？

一体誰が殺したの？

『パンクハット軍の者が、ブランを殺した？』

『ノー』

違うの!?

軍の者ではないが、ブランを殺せるほどの実力者。

味方なのだろうが、絶対に特定した方がいいな。

『ブランを殺した者は男性?』

『ノー』

女性か。

『パンクハット領に居る?』

『イエス』

軍属でない、パンクハット領に居る女性。

まだ範囲が広すぎる。

『俺が会ったことある?』

『イエス』

ん?

俺が会ったことのある軍属でないパンクハット領に居る女性なんて店員と、屋敷に居る女性くらいじゃない?

『ブランを殺したのは、アンネ?』

『イエス』

OH。

まじかよ。

あのメイドさんが……暗殺者とは信じられん。

だが、スキルがそっち系統ならありえない話ではない。

『リズリーはアンネが動いていることを知っている？』

『ノー』

隠しているのか。

なぜ隠れて動いているんだ？

わからない。何か深い目的があるのだろうか？

『アンネは裏切者？』

『ノー』

そんなとき、一階からノックする音が響く。誰か来たのか？

「シビル様、いらっしゃいますか？」

その声の主は、アンネだった。

アンネがなぜ、ここに？

いつもなら驚かないが、暗殺者であることを知ったばかりのこのタイミングであれば警戒してしまう。

『居留守を使うべき？』

『ノー』

『アンネは敵？』

『ノー』

敵ではないか。

俺は階段を降り、アンネを出迎える。

「やあ、アンネ。どうしたんだ？」

「いえ、大した用ではないのですが……どうかなさいましたか？」

アンネが不審そうに顔を傾げる。

「いや、さっきまで寝てたんだ」

「そうですか、まるで暗殺者を見るような顔をしていましたよ？」

俺はその言葉を聞き、一瞬顔を変えてしまった。

「やっぱり知ったのね、厄介なスキル」

アンネから殺気が漏れる。その手には短刀が握られていた。

「落ち着け！　俺はリズリー様に何も言うつもりはない！　秘密裏に動いているんだろう？」

「……そうよ。もしリズリー様に話したら、必ず殺すから」

怖っ！　俺もできれば知りたくなかったよ、こんな事実。メイド暗殺者とか属性てんこ盛りすぎて嫌だよ！

そして、彼女……やはり強い。おそらくこの距離じゃ勝てない。乱戦時なら……。

「なぜリズリー様に内緒で動いている？　なんのメリットがあって――」

「メリットォ？　貴方はそんなもののために、剣を振るっているのかしら？」

逆に問いかけられた。

「いや、必ずしも打算で動く訳じゃないが……」

「愛よ、全ては。最近、リズリー様が貴方の話をすることが増えた。貴方も知ったのでしょう？　リズリー様の本当のお姿を」

ひっかけか？

『アンネはリズリーが無能を演じているのを知っている？』

『イエス』

いや、本当に知っているのか。

「ああ。知っている」

「あの人は、本当は聡明で優しく素晴らしいお方。もっと評価されるべき存在なのに……大儀のためにね。なら、私がすべきことは決まっているでしょう。あの方の覇道《はどう》の邪魔をする者を全て消す」

言ってることは恐ろしいのに、その目には一点の曇りもない。

「リズリーのために動いているんだろう？　ならばれても良いんじゃ？」

「ハア？　何言ってんのあんた。貴方のために暗殺してますなんて、言える訳ないでしょ！　それに……リズリー様は私が手を汚してまで手伝うのを喜ばないわ」

急に憂いを帯びた顔で言う。乙女心だろうか。

「あ、そうですか。死にたくないし、君がリズリー様のために動いているのならば、俺が邪魔をすることもないよ。安心してくれ」

「そう。釘を刺しに来たのだけど、何でも知ってるだけあって話が早くて助かるわ。今後、リズリー様に役立つ情報を貰うために来るかもしれないからよろしく」

「なあ、アンネ。リズリー様のために動いているのはわかったが、自分の努力が全く知られないのは辛くないのか？」

俺はつい、聞いてしまった。それを聞いたアンネは笑った。

「馬鹿ね。見返りを求めているうちはただの恋よ。愛は……見返りなど、必要ないの。リズリー様が幸せならば、私にとってそれ以上の幸せはないわ」

そう言うとアンネは去っていった。

格好良い人だった。手段について、良いか悪いかはわからないが、そこには確かに彼女なりの流儀があった。

ブラン殺しの犯人はわかったが、まだ解決していない問題がある。

ガルシア男爵の裏切りの件だ。

裏切りの理由もメーティスに確認して、知っているがどう伝えたものか。

宣戦布告があったのであれば、屋敷も今凄い騒ぎになっているだろう。裏切りの件を話すことは気が重いが、屋敷に顔を出すことに決めた。

屋敷はやはりどこか皆落ち着きがなかった。

俺やリズリーさんは知っていたが、一般人からすればクラントン家からの宣戦布告なんて、恐怖以外のなんでもない。

それほど両家の規模は違う。

「ねえ、どうする？」

「わからない……違う領地に移る準備した方がいいんじゃない？」

「私、他の領地にコネなんてないよ……」

屋敷で働くメイド達も今後の身の振り方を考えているようだ。

これがクラントン家の目的か。

忠誠心が低い者は、クラントン家の宣戦布告だけで離反するだろう。

「あっ、シビル君。おひさ～。君も宣戦布告の話聞いて、来てくれたの？」

リズリーさんが表向きの笑顔で迎えてくれる。

「中に」

「いいよ～」

リズリーさんの執務室に入り、鍵を閉める。

「どうした、シビル？」

急に低音で話すとギャップが凄いな。

「急ぎで報告したいことがあり、参りました」

「またか……。どうせ良い話ではないのだろう？　兵士も一部が怯えて除隊を申し出ている。それよりはましな話を期待したいところだ」

「ご期待には添いかねますが、はっきり申し上げます。幹部のトリートと、ガルシア男爵がクラントン家と通じています。このままでは、勝利は絶望的です」

それを聞いたリズリーさんは、大きく動揺した。

「なっ……！　馬鹿な冗談は、やめろ。流石に笑えんぞ。ガルシアがこちらを裏切るなんてありえん。奴は子供の頃からの親友だ」

リズリーさんは笑い飛ばすように言う。

だが、黙ってそれを聞いている俺を見て、やがて本当だと理解したようだ。

「本当か？」

「本当です。このようなこと、冗談では申し上げられませんよ。メーティスに理由を確認しました。借金のカタに、子供を人質に取られているようです。既に借り入れ分は返済が終わったようですが、法外な利子により子供を取り返せていない状況みたいですね」

「あの馬鹿……借金はなんとかなったと言ったじゃないか」

そう言ってリズリーさんは項垂れた。

「俺に一対一で話をさせてくれ。必ずガルシアを説得しよう」

それはハイリスクじゃないか？

『この提案を受けるべき？』

『イエス』

イエスなのか。なら、リズリーさんを信じて任せよう。

それにガルシア軍を援軍に引き込めなければどちらにしても、こちらは勝ち目がない。

俺はリズリーさんの提案に賭けることにした。

◇◇◇

それから一週間後、リズリーはガルシアを作戦会議という名目で再び呼び出した。

ガルシアはいつも通りの明るい調子でやってきた。

「シビル君の言ってたことは本当だったな。まさかクラントン家が宣戦布告をするなんて。こっちも本腰をいれよう。どうした、神妙な顔をして。びびっているのか？」

ガルシアはリズリーの様子がおかしいことに気づき、尋ねる。

「びびってなどないさ。なあ、ガルシア、俺達も長い付き合いだ。もう十年以上になる」

リズリーは静かに語りだした。

「ああ。今日は、いつもと雰囲気が違うな。いつもはもっとこう、明るい感じじゃないか」

「友よ、なぜ俺に一言でも相談してくれなかった！」

ガルシアの疑問に答えることもなく、リズリーは真剣な声色で言った。

「なんのことだ？」

「トリムのことだ。人質に取られているんだろう？」

リズリーの言葉を聞き、ガルシアは体を大きく、震わせた。

「な、なぜそれを知って……いつから？　えっ？」

ガルシアは顔を真っ青にして、呆然とリズリーを見つめる。

（全部ばれている？　ならばもう裏切ることもできない。トリムはどうなる……。今ここで、リズリーを殺せば……いや、それではなんの解決にもなるまい）

ガルシアは真っ青な顔で、頭を下げる。

「すまない、リズリー。俺はどうなってもいい。だが、息子、トリムだけは……」

震える声でガルシアは言った。

「馬鹿。俺が脅すとでも思ったか。辛かっただろう、友よ」

だが、リズリーはそんなガルシアを優しく抱きしめた。

リズリーはガルシアの心労を正しく理解していた。

そんな優しい言葉に、気づけばガルシアの頬には涙が伝っていた。

「すまない……すまない。リズリー……」

「俺はお前と今でも共に戦いたいと思っている。トリムは必ず救い出す。だから、そのときは俺と共に戦ってくれないか？」

「気持ちは嬉しいが、無理だリズリー……。俺だって必死で探したさ。クラントン領のありとあらゆる場所をな。だが見つからなかった」

「無理なんて、誰が決めた。もし当日までに息子を救出できなければ、そのまま裏切ればいい。うちの軍の真後ろに布陣するんだ。いくらでも隙をつけるぞ、ハハハ。それに、既にあたりはつけている。楽しみにしておけ、我が友よ」

「お前、本当に俺の知っているリズリーか？」

ガルシアは十年来の友の変貌っぷりに、驚きを隠せなかった。

「なに、いつものリズリーさ」

リズリーは笑う。

ガルシアは結局リズリーの要求を呑んだ。

既にリズリーにばれているうえ、エンデにこのことを報告することもできない。

藁にも縋る思いで、リズリーの成功を祈ることにしたのだ。

それに、リズリーの突然の変化に何か期待を持ったのも事実だった。

◇◇◇

「ということで、ガルシアの息子を救出することになった。シビル、頼めるか？」

翌日、俺のもとにやってきたリズリーさんは昨日の話し合いの結果を報告してくれた。

「承知しました」

息子救出はこちら陣営に引き込むために絶対に必要だろう。

「問題は、息子が捕まっている場所が全く見当つかないことらしい。だが、シビル。君のスキル『神解』なら、いけるな？」

「勿論。既に特定済です」

俺の言葉を聞いたリズリーさんは少しだけ驚いた顔をした後、笑う。

「流石だな。場所は？」

「クラントン領に、息子さんは居ません。クラントン領より北にあるオズワルド領の僻地に捕まっているようです」

そう。エンデも探されることを考慮して、自領ではなく別の領に息子を移動させたようだ。

「なるほど……オズワルドも、バーナビー派閥だから何もおかしなことはない。さっそく助けに行くか？」

「リズリー様、お待ちを。救出は直前に行うべきです。すぐ救出した場合、エンデにばれる可能性が高い。メーティスに確認したところ、精鋭が百人ほど、その屋敷を守っています」

「わかった、シビル。救出に関して、人選を含め任せよう。それよりもクラントン家との戦いだ。既に百人程度離反者が出ている。兵数差もだが、このままでは士気が厳しい」

俺はしばらく考えた後、口を開く。

「いっそのこと、もっと離反させましょう。千人くらい」

俺の言葉を聞いたリズリーさんは大きく口を開けて止まってしまった。

「これ以上、人数を減らしてどうするんだ！」

リズリーさんは声を張り上げる。

「すみません、説明を省きすぎました。追加で九百人離反したことにして、その九百人を戦場に潜ませます。そして戦の当日に機を見てぶつけます。本当の離反者も居るので信憑性も増すでしょう？」

「確かにそうだが……そううまくいくだろうか？」

「ちょうどうちには裏切者トリートが居ます。彼の口からエンデに伝えてもらいましょう。相手からすればスパイから聞く情報、信憑性は一気に高まります。彼は本番直前まで泳がせ、様々な情報を持って帰ってもらいましょう」

俺の言葉を聞き、リズリーさんが笑う。

「スパイを利用して、逆に騙す訳か。面白い」

「それだけではまだ不十分です。地形も、将も全て利用して戦います。メーティスに確認して既に戦の起こる場所は特定済です。相手の指定した日、大雪が降ります。その翌日、戦場は雪景色に変わるでしょう。その日に開戦を設定したい。雪に紛れて戦う訳です」

「雪の日に戦いたいのはわかったが、どのようにして時期をずらすつもりだ？」

「それは私にお任せください。確かに人数差は未だに大きいです。ですが、クラントン家もこの大人数の兵を抱えるのは厳しい。歩兵の数が八千。これが物語っています。そこも突いていきます」

「頼もしいな」

これから先はどれだけ本番に向けて用意をできるかだな。

俺は勝利のために、メーティスに尋ね続ける日々を過ごすこととなる。

◇◇◇

紅葉も終わり、冬が来た。領民は寒さと、クラントン家の進軍に怯えながら日々を過ごしている。既に開戦の日は五日後にまで迫っていた。

オズワルド領の僻地のとある館のすぐ近く、シャロンとダイヤ、他三名の兵士が話し合っている。

「お前達、ガルシア男爵の息子トリム殿はあの館内の塔の最上階に居る。我等の任務はトリム殿の救出である。本日中に救出して、開戦までに戻らねばならない。わかっていると思うが、この救出任務に失敗した場合、ガルシア家は敵に回り我が領は敗北するだろう。覚悟を決めろ」

「「「はっ！」」」

「ルートとしては、外から塔の外壁をよじ登り窓から最上階に侵入する。壁にはダイヤが魔法で梯子を作ってくれる。お前達は塔の下で周囲の警戒、ばれた場合の排除を頼む」

シャロンを筆頭に、五人が屋敷に向かう。

正門とは逆方向の塀に向かい、一瞬でそこに居た兵士を倒すと、塀を一人ずつよじ登る。

（外はまだ兵の数が少ない。いける……）

シャロンは塀から飛び降りると、そのまま裏庭を素通りする。

そんなシャロン達を、一人の敵兵が見つける。

「侵入――ッ」

最後まで叫ぶ前に、シャロンの矢が敵兵の首に刺さる。

（大丈夫か？　ばれたか？　わからん……だが、退けん。進むしか……）

シャロンは冷や汗をかきながらも顔には出さないように努めながら進む。

そしてようやく塔の付近にまで辿り着いた。

三人の兵士が塔を囲むように守っている。

「どうするの、シャロン？」

「幸い、離れて守っている都合上一人一人仕留めればばれないはずだ。弓を使う」

ダイヤを除く四人の矢が一人の兵士に降り注いだ。

（後は……私がやる！）

シャロンは一人減ったことによる警備の死角をいかして一気に塔まで距離を詰めると、一瞬で残りの二人を仕留めた。

「お前達、来い。時間との勝負だ」

シャロンの号令と共に、全員が塔の周囲に集まる。

「じゃあ、次は僕の仕事だね」

煉瓦造りの塔に手を当てると、魔力を注ぐ。

それにより、塔の表面にでこぼこの取っ手が出来上がる。それを少しずつ上にも同じように作成していった。

「ああ……この高さを命綱なしで登るの嫌だなあ……」

「行くぞ」

下で見張りをする者が三人、ダイヤとシャロンは塔を登ることになる。

命がけのクライミングが始まった。

シャロン達はダイヤが作った取っ手を信じて少しずつ登る。

命綱のないクライミングよりも、隙だらけの状態なのが嫌だった。

（早く最上階へ……。トリム殿を救出したら再びこの梯子を下りなければならないのか）

八割ほど登り最上階の窓が見え始めたころ、下が騒がしいことに気づく。

下を振り向くと、こちらを見て騒いでいる敵兵の姿が見えた。

（ばれたかっ⁉）

「ど、どうしよう……！」

真っ青な顔で、シャロンの顔を見るダイヤ。

「今更戻れん！　進め！」

（まずい……！　下に、兵士が集まってきている。この分だと、中も……）

そう考えながらもシャロンは必死で梯子を登った。

窓にようやく手がかかり、シャロンが中を覗き込む。

だが、そこには少年トリムの首にナイフを当てる敵兵の姿があった。

「お前達、ガルシア軍だな。くだらねえ真似しやがって。その代償はガキの命だ」

「止めろ！」

シャロンは作戦の失敗を悟り、叫んだ。

◇◇◇

クラントン軍が、遂に進軍を開始した。

総勢一万の大軍が、パンクハット領を目指して進み始めたのだ。

全軍の後方に、一際立派な馬に乗った者が二人いた。

ドットと、エンデである。

「敵は六千だと嘯いているらしいが、実のところパンクハット軍は三千ほどまで減っているらしい。無能の将に相応しい臆病な兵士達よ。そして残りの二千はガルシア軍だ」

エンデが笑う。

「随分減りましたな。天気も悪い。早く終わらせたいものです」

ドットは曇る空を見ながら、呟いた。

そんな二人のもとへカルロが駆け寄ってきた。

「父さん、遂に始まるのですね！　一番槍は私が！　あのゴミどもを仕留めてみせます！」

嬉々として語る息子を見て、エンデの顔が渋くなる。

「カルロ、お前は後方だ」

「それではシビルとあの女を殺せないじゃないですか！」

「心配せんでも、生け捕りにしてやる。おとなしくしておれ」

「お坊ちゃま、あまり無理はなさらず。戦いは、我等兵士の仕事なので」

ドットが淡々と言う。

その圧力に、カルロがたじろぐ。

二人がそのまま相手にせず去っていくの見て、カルロは歯を食いしめた。

「畜生！」

自分への愛とわかっていても子供扱いが嫌だった。

エンデは優しかったが、自分が期待されていないことも気づいていた。

カルロは父であるエンデに憧れ、自分も同じようにクラントン家を繁栄させられると信じて努力していた時期もあった。

だが、カルロには領地経営の才も、戦闘の才も何もなかった。

段々失望されていくのを感じていたカルロは、学ぶことを止め遊び惚けるようになった。

その結果が今である。

「この戦いで、俺を馬鹿にするやつを全員黙らせてやる……。相手はあのぼんくらリズリーだ」

カルロは馬を駆り、先へ進んだ。

すると、先頭を進んでいた斥候《せっこう》が、馬を急がせエンデのもとへやってきた。

「エンデ様、橋が落とされています！」

パンクハット領への最短距離となる橋が落とされていた。

その橋は崖と崖を繋いでおり、そこを通れないとなると大きな遠回りが必要であった。

「おのれ……パンクハット軍め。こすい真似を。くだらない時間稼ぎなどしおって」

舌打ちをするエンデ。

「エンデ様、相手はこちらを苛立たせるのが目的かもしれません。別に多少予定とずれても何も問題はありません」

そう言いながらもドットは冷静に考え込む。

（ただの嫌がらせなのだろうか？　わからん……。策を考えるのはブランの仕事だったからな。俺は目の前の敵を葬るだけよ）

ドットはすぐに考えるのを止めた。

クラントン家は結局遠回りにより一日以上予定より遅れて、戦場に辿り着いた。

既に日は暮れており、視界も悪い。

両軍がケルル河を挟んで向かい合う形で布陣している。

河は北から南に流れており、河の東側にパンクハット軍、西側にクラントン軍が陣を構える。

「随分、遅れてしまった。おかげでパンクハット軍が既に布陣しておるわ。本番は明日になりそうだ」

エンデは天幕に主な将校を集めて明日に向けて軍議を開く。

「パンクハット軍は三千ほどしか居ませんな。ガルシア軍を入れると、こちらは一万二千。勝負にもなりませんぞ」

「ところでエンデ様、この戦どこまでする予定で？　リズリーの若造を討ち取るおつもりですか？」

多くの将校達は既に勝利を確信しているようだった。

それを聞きながら、エンデは考え込む。

（何か策があるのでは？　だが、策があったとしてもあまりにも人数差が大きい。ガルシアが……いや、息子が人質になっている状況で何かできるとは思えん。無能と聞いていたが、戦力差もわからんほど、無能だったということか）

「余裕があれば生け捕れ。最悪殺しても構わん。他は全員殺しても良い」

「はっ！」

「こんなに要らんかったかもしれんな」

と幹部が笑う。実際伯爵家でも一万人の動員はかなり財政に負担が大きかった。騎兵が二千といえどもだ。

「あまり油断するな。明日、ケルル河を渡り決着をつける。渡河のときに犠牲が出るかもしれんが、それは仕方あるまい。戦力差で一気に押し切りリズリーを捕らえよ」

「「はっ！」」

一方、パンクハット軍陣営。

「腐るほどいるじゃねえか！　たまんねえなあ！」

そう言ってギザギザの歯を見せて笑うのは、赤髪の大男である。

身長は百八十後半。真っ赤な髪を後ろに流し、一房だけ前に垂らしている。人相の悪そうな顔に鍛え上げられた体は、軍人というより山賊に見える。

「フレイ君、今日はよろしくねー」

リズリーがにこにこしながら声をかける。

「おっ、リズリーちゃんか。皆、あんたは頭がおかしくなったって言ってるぜ？　こんな戦勝てる訳ねえってよ。だけど、実際あんたを見ると……少し自信ありげに見えるな」

リズリーを見てにやりと笑うこの男こそ今回の第一軍隊長を務める問題児フレイである。

その強さを認められ帝国騎士団にスカウトされたものの、気に入らない上官を斬り殺し、処刑寸前のところをリズリーに救われた。

だが、戦争以外のときは女のところをふらついているらしく領内でも見ることはまれな男だ。

「そう？　部下が優秀だからかもね」

「あの新人軍師か。さっきの軍議でも聞いたが面白い策だ。まあ、その策が成功しようがしまいが、俺がエンデを殺してやるよ」

「期待しているよ。僕の『大矛』よ」

リズリーは静かに河の向こうに布陣しているクラントン軍を見た。戦のときは近い。

「敵襲！　敵襲！　パンクハット軍の者が夜襲に！　火をつけて回っています！」

エンデを起こしたのは、夜明け前の部下の叫び声であった。エンデはすぐさま武器を取ると、部下に話を聞く。

「敵勢は何人だ？」

「百程度かと」

「なんだ、その人数は。嫌がらせか？」

「建物に火をつけると同時に、味方が何人も斬られています」

「その程度の人数、さっさと殺せ」

「ですが、中々手練れでして……。今追ってます」

「勝てないから、と嫌がらせに出たか？」

エンデが眉を顰め考えていると、幹部の一人が天幕にやってきた。

「エンデ様、殺すべきです。今ならまだ追えます。ご決断を。既に犠牲者が何人も。このままじゃ士気に関わります」

続々と部下が追撃の許可を取りに現れる。

(罠の可能性もある……。が、百程度すら逃がしては士気に関わるのも事実。さっさと殺すべきか)

「お前ら、全員叩き起こせ！　奴等にクラントン軍の強さを教えてやれ！」

エンデの号令と共に、幹部含めた兵士達が一斉に動き始める。

すぐさま用意を終えた一万の兵士達が奇襲をかけてきたパンクハット軍を追う。

「奴等、ケルル河を渡って撤退しているぞ！　逃がすな！」

奇襲をかけてきたパンクハット軍は全員騎兵であり、素早い撤退を見せる。

河は連日の雪により、いつもより深く冷たくなっていた。

一万のクラントン軍の兵達が一斉に河を渡り始める。

動きの速いパンクハット軍の騎兵達は皆、渡河《とか》を終え早々に自陣に逃げ込む。

「何が目的だ？　渡河中を狙うつもりかと思ったが……」

思ったより矢による被害は少ない。多少やられたものの、先陣を切っていた騎兵は渡河を終えた。

（まあ、いい。予定より早くなったが、もう終わらせる！）

「全軍、突撃せよ！」

エンデの叫び声と共に、渡河を終えた兵が一斉にパンクハット軍へ向かう。

「見事に釣れたね」

リズリーはにっこりと笑いながら戦場を見つめる。奴等が渡河を警戒していることには気づいていた。だが、シビルが狙っていたのは渡河中の隙だけではない。

馬に乗っている騎兵は関係ないが、真冬の早朝、冷え切った河を渡った歩兵は動きが格段に落ちる。体が冷え切り、思う通りに動かないからだ。

歩兵が八割を占めるクラントン軍の弱体化を狙うことが目的である。

「弓兵、構えよ！　放て！」

エルビスの命令と共に、クラントン軍へ矢の雨が降り注ぐ。こちらは既に布陣を終えている。だが、クラントン軍はまだ半分以上が渡河の途中である。

「狙い放題だ！　一気に勝負を決めろ！」

雪で視界が埋まる中、矢を避けることは非常に厳しい。

「ぎゃあああ！」

クラントン軍から悲鳴が聞こえる。まだ歩兵が渡河をしている今が狩りどきだ。

だが、矢を受けつつも、クラントン軍の騎兵はこちらを狙い襲い掛かってくる。もうクラントン軍の騎兵は直前まで迫っていた。

「投槍に変えろ。そして、第一軍、出番だ」

「はっはっは！　やっと出番か！　血沸く血沸く！」

第一軍隊長フレイは大矛を肩に乗せ笑う。

「フレイ君お願いね。きっと血を流させることになっちゃうけど」

「血も流さない戦なんて、戦と呼べねぇよ！　エンデの首を落として、戻ってきてやる」

リズリーの言葉に、笑いながら言うフレイ。

「お前ら、奴等を殺しに行くぞ！　全軍、突撃ダア！」

「「「「応！」」」」

フレイの号令と共に、第一軍千人が、クラントン軍に襲い掛かる。シビル隊と違って、第一軍は血気盛んな者が多い。

その中でも目立つフレイは一回り大きな黒馬にまたがり、一騎でクラントン軍へ向かう。

「相変わらず、勇猛だねえ」

リズリーは期待を込めた目線でフレイを見つめている。問題児である彼をそれでも雇っている理由はその強さ、一点である。

彼が大矛を薙ぐその直前、大矛に獄炎が纏われた。一閃。血の雨が戦場に降り注ぐ。

たった一振りで五人以上の敵が宙を舞い、その体は獄炎に包まれ灰となった。

「素晴らしい……！」

リズリーはその迫力に大きく息を呑んだ。

フレイのスキルは『獄炎』。全てを燃やし尽くす、地獄の炎を操る希少スキルだ。獄炎を纏わせた大矛で敵を一瞬で斬り裂く姿から、彼は戦場で赤鬼として名を馳せた。

基本的にA級以上の冒険者や騎士団の上位は人外と言われている。リズリーの目から見ても、フレイは人外の域に達していた。

彼が大矛を振るうたびに、敵の体が消し飛ぶ。

「相変わらず、強いですなあ彼は」

総司令官であるエルビスがリズリーの横で感心するように言う。

「問題児だけど……強いんだよね。その一点では、彼は信頼できるよ」

「赤鬼、っていう異名の意味がわかります。あれは恐怖の対象になるでしょうね」

「うん……。フレイのような強く、先陣を切る将は周りの士気を上げ、敵の士気を大きく下げる。ほら、人数差もあるのに奮戦しているね」

「私も出ます。リズリー様はこちらで待機していてください」

エルビスもフレイを手伝うため、兵を連れて前線に出た。

実際第一軍とクラントン軍の騎兵は人数差があるのに、互角以上に戦っていた。

後方に居るエンデは渋い顔で戦況を見守っている。

「あれが赤鬼か。このまま暴れさせるのもよくないな。仕方ない。おい、旗をあげろ。もう終わらせる」

エンデの言葉を聞き、後ろの兵士が巨大な赤い旗を掲げる。

明け方の悪い視界でも皆に見えるような赤い旗が冷風を受けはためく。

その旗を見て、ガルシア男爵の顔色が変わる。

この旗は、パンクハット軍を襲えという合図だった。

ガルシアは祈るように、天を見上げた。

(そうか、間に合わなかったか……。すまないリズリー。恨むな、とは言わないよ)

全ての事情を知っているガルシア軍幹部が尋ねる。

「よろしいのですか？」

「……ああ。全軍用意を」

「「「はっ！」」」

その様子をリズリーは無言で見ていた。

ガルシアは、リズリーの目線に気づき目を逸らす。

「出るぞ！」

ガルシア男爵の号令と共にガルシア軍が走り出した。

「おい、何かガルシア軍こちらに迫ってきてねえか？」

パンクハット軍の兵士の一人が呟く。

「まさか。援軍だぞ。リズリー様とも仲が良い」

少し首を傾げながらも、結局兵士達は前を向く。

「ガルシア様、そろそろご命令を」

幹部が言う。

ガルシア軍の兵士達は裏切ることを知らない。

ただ、クラントン軍を攻撃すると思っているのだ。

「わかっている……」

ガルシア男爵も言わなければならないことはわかっていた。

だが、その言葉を発することをためらっていた。

(言わねばなるまいな……)

ガルシアは顔を歪めながらも、覚悟を決める。

「全軍、目標は――」

「お父さんーーーーー！」

ガルシア男爵の言葉をかき消すように、少年の大声が戦場に響き渡る。

「ト、トリム……！」

その声の先には、ガルシア男爵の息子トリムがシャロンと共に居た。

ガルシアは溢れんばかりの涙を流し、トリムのもとへ騎馬を向かわせ思い切り抱き締めた。

「お父さん、痛いよ……。このお姉さん達が助けてくれたんだ」

「約束は果たしました。ガルシア男爵」

「ありがとう……ありがとう！　なんと礼を言ったらいいか。大変だっただろう」

ガルシア軍は突然の状況に混乱し馬を止めていた。

「はい」

◇◇◇

時は少しさかのぼり、オズワルド領の僻地の塔の最上階。

敵兵のナイフが少年トリムに振り下ろされるその瞬間。

敵兵の腕が突然、切断された。

「ぐあああああああ！」

突如失った右腕に、悲鳴を上げる。

（どういうことだ!?　自分は何もしていないぞ？）

シャロンも突然の出来事に混乱するも、これがチャンスであることを察する。

窓を叩き割ると、そのまま室内に侵入し腕を失った敵兵を斬り倒す。

トリムを確保すると、すぐさま周囲を見渡す。

そこでシャロンは気づく。

「貴方は……アンネさん？」

最上階のドアの先には、メイド服を着たアンネの姿があった。

「あんな素人の侵入でばれない訳がないでしょうに……早く行くわよ！」

（彼女はただのメイドではなかったのか？　だが、気にしている場合ではない）

「承知した。ダイヤ、窓からでは的になる。こうなったら塔内から下るぞ」

「わかったよ」

シャロンはアンネと共に、ドアを出て階段を下りる。

「侵入者共が！」

階段の下から次から次へと現れる敵兵達。

シャロンが先陣を切り、斬り結ぶ。

そしてアンネが後方から糸と投げナイフで援護する。

それは初めてとは思えない連携だった。

「助かる」

「それは生き残ってからよ」

結局二人は駆けつけた敵をほとんど倒し、無理やり塔から脱出した。

（あの三人は……？）

シャロンは一緒に来た三人の兵士を探すも、既に亡くなっていた。だが、精一杯応戦したのか倍以上の敵兵士が地面に倒れている。

（許せ……。お前達のお陰で、パンクハット軍は救われた）

シャロンは彼等のために祈った後、敵の馬を奪いすぐさま館を出る。

「どうしてここに？」

「シビルから聞いたのよ。正直姿を見せたくはなかったのだけど、出ざるを得なかった。あんな力任せの侵入するなんて思わなかったもの」

呆れたようにアンネが言う。

「それはすまなかった」

自分でもやはりあの侵入は雑だと思ったので素直に頭を下げる。

こうして、無事トリムを救出した三人は、そのままパンクハット領へ戻るため馬を走らせた。

◇◇◇

「いろいろすまなかった。こちらも約束を果たそう。皆、今一度命ずる。我等の敵はクラントン軍。我等が強さを奴等に見せつけろ！　全軍、突撃だあああ！」

ガルシア男爵は気持ち良いくらいの笑顔で叫ぶ。

「「「応ッ！」」」

その言葉と同時に、ガルシア軍が再び走り出す。

ガルシア軍は二手にわかれて、渡河を終え寒さで震えあがっているクラントン軍歩兵に左右から襲いかかる。

「ぎゃあああ！」

明らかに動きの鈍い兵士達が次々と討たれていく。

その行動に激昂したのはエンデだった。

「ガルシアどういうつもりだ！　ガキがどうなってもいいのか！」

「なんのことかな？　今こそ我が友リズリーのために加勢する！」

吹っ切れたように剣を振るうガルシア男爵に、エンデが舌打ちする。

（ガルシアが裏切るとは……息子を取り戻したな？　あんな僻地の場所をよく特定しおったわ。だが、まだ人数差は大きい）

「エンデ様、俺が出ましょう。このままでは流れが悪い。お前等、俺の背を追え！」

ドットは叫ぶと、そのまま単騎駆けでパンクハット軍に突撃した。

二メートルを超える巨大な体から振るわれるこん棒は、パンクハット軍兵士を紙屑のように弾き飛ばす。

ドットはそのまま次々と敵陣を突破し、フレイにまで辿り着くと、こん棒を振り下ろす。

フレイもそれにあわせるように大矛を振るう。

二人の魔力が爆ぜ、戦場に一陣の風が吹く。

「ハッハ、大物が釣れたな！　遊ぼうぜ！」

「小僧が……お前がパンクハット軍の切り札か。こいつは俺が殺す。お前等は愚かにも前方に出ているリズリーの小僧をやれ！　それで終わりだ！」

ドットの命令と共に、兵士がリズリー目掛けて走り出す。

「お前等、リズリーちゃんを守れ。戦が終わっちまう！」

負けずとフレイも兵士を出しリズリーを守るために動く。

だが、ドットが出した者達はクラントン軍の中でも精鋭。

少しずつ、リズリーのもとへと迫っていた。

「リズリー様、お下がりください」

「ありがとう。もう少ししたら下がるね」

(前に出すぎたか……。だがおかげで敵の主戦力の多くを釣りだすことには成功した。おとりとしての使命は果たしたな)

リズリーはおとなしく後方に下がろうとする。

しかし、リズリーの想定以上にクラントン軍の精鋭が強かった。次々とパンクハット軍を討ち取り進む。

「まずいね……」

遂に直前にまで迫っていた。

「おいおい、このままじゃ本当に討たれちまうぞ！　早く逃げろ！」

フレイも、思わず顔を歪める。

「パンクハット軍、大将リズリーその首もらい受ける！」

クラントン軍精鋭の槍の一撃がリズリーに放たれる。

「リズリー様！」

そんなとき、間に割って入ったのは、パンクハット軍の格好をして馬を駆ったアンネ。

アンネはリズリーを突き飛ばし、そのまま槍で貫かれた。

「かはっ……!」

アンネは口から血をこぼしながらも、敵兵をその目で見定めると両腕を振るう。

次の瞬間、敵兵の首が刎ね飛ばされた。

アンネはそのまま地面に倒れ込む。

「アンネ!? なぜ、こんなことを!?」

リズリーがアンネを抱きかかえ叫ぶ。

「ご無事で何よりです。どうか生きて、悲願をお叶えください」

「何を言って……」

動揺するリズリーに敵の精鋭達が再び迫る。だが、その怒りはアンネに向いていた。

「死にぞこないが……よくもアレンを!」

仲間を殺された敵兵が怒りにまかせアンネに剣を振り下ろす。

アンネは死を悟り、覚悟を決める。

(シビル、後は任せたわよ)

アンネを庇うように、突如リズリーがアンネに覆いかぶさった。

敵の一撃はリズリーの背中を切り裂く。

「リズリー様!?」

「ぐっ……! アンネ大丈夫かい?」

リズリーは心配させないように、笑う。

「何をしているのですか！　貴方は大将ですよ⁉　一部下、しかもメイドを守って斬られるなど……」

アンネが叫ぶ。

「確かに僕は愚かだと思う。僕は仇を討つためならいくら恥をかこうが、汚名を被ろうが構わない。だが、大切な人がこれ以上死ぬのは耐えられないよ、アンネ」

「リズリー様……」

アンネが涙を流す。この方にはなんとしても生きて帰ってもらわねばと自らに誓う。

アンネはゆっくりと体を起こす。

「アンネ、君の傷は深い！　まだ無理だ」

「ふふ……大丈夫ですよ。リズリー様。それより今からの私はあまり見ないでください。可愛くありませんので」

アンネはふらつく体を動かしまるで戦場を猫のように軽快に駆け、敵の首を斬り裂く。

その兵士とは違う戦い方に、敵も警戒心を強めた。

「リズリー様を守れ！」

前線に出ていた総隊長のエルビスが兵を連れて、リズリーのもとへ馳せ参じ敵精鋭と斬り結ぶ。

それにより一気に戦場が混戦に変わった。

◇◇◇

俺は雪の中に潜みながら機会を窺っていた。

「リズリーさん大丈夫か?」

『リズリーさんのもとに戻るべき?』

『ノー』

俺はメーティスの言葉を信じ、そのまま待機することを決める。

全ては勝利のために。

『もう襲うべき?』

『イエス』

メーティスの許可も出たので、俺は兵士達に合図を送る。

そして一斉に雪の中から姿を出すと、クラントン軍の背後めがけて襲い掛かる。

狙うは後方で待機しているカルロ隊である。

リズリーさんが前線に出てくれたおかげで、敵も随分前のめりになっている。おかげで背後が狙いやすい。

雪原から突如現れたシビル隊に敵も反応が鈍い。

そのまま勢いに任せて敵陣に斬り込む。

何人もの敵兵を斬り倒し、俺は遂に再びカルロの目の前まで辿り着く。

「よう、カルロ。言ったよな、シャロンに謝罪させるって」

俺はカルロに言った。

一方、カルロは大きく動揺していた。

「どこから来た？　周囲に敵の姿はなかったはずだ！」

「雪原に潜んでいたのさ。開戦前からな」

俺達シビル隊千人は離反したと見せかけて敵が辿り着く前から雪原に潜んでいた。

雪が降り積もる前からである。

そのおかげで完全に姿を隠すことができていたのだ。

「お前等、周囲の敵兵を頼む。俺は直接カルロを倒す」

俺の言葉と共に、シビル隊がカルロの周囲の兵士に襲い掛かる。

「兵が多いから調子に乗ったな？　軍師が前線に出るなど自殺行為よ。お前だけなら簡単に殺せるんだよ！」

そう言って、カルロはこちらに向かって馬を駆り、走り始める。

「俺は別に出てこなくても確かに良かったんだが……シャロンに謝罪させると誓ったからな」

俺はランドールを手に取ると、矢を番えた。

「未来が見えるなんて、嘘だったようだな！」

「未来なら見えているさ、お前が負ける未来がな！」

俺は剣を振り上げるカルロの腕めがけて、矢を放つ。

その矢はカルロの腕に深々と突き刺さる。

「グゥ！」

俺は更に矢を番えると、カルロの乗る馬の眉間に矢を放つ。

矢の刺さった馬は悲鳴を上げると、そのまま倒れ込んだ。

カルロはそのまま落馬すると、こちらを見つめる。その目からは僅かに恐れが感じられた。

「おい、待て！　俺に手を出したら本当に、父さんがお前らを皆殺しに……！」

「お前が始めた戦だろうが！」

俺は思い切り振り被ると、そのままカルロの顔面に鉄拳をぶち込む。

「げええ！」

謎の悲鳴と共に、カルロが吹き飛ぶ。

完全にのびていた。

「こいつを連れて、本陣に戻る。百騎俺について来い。残りはこのまま敵の背後を襲って」

「「はっ！」」

俺はカルロを捕まえると、そのまま撤退し本陣へ戻った。

ビンタを受け、カルロが目を覚ます。

「ここは……どこだ？」

カルロは周囲を見渡し、パンクハット軍に囲まれていることに気づく。カルロの目の前には俺とシャロンが立っている。

「本陣だよ、間抜け。とっととシャロンに謝罪しろ。それか死ぬかだ」

「誰がそんなこと――」

俺の蹴りがカルロの顔面に刺さる。

「謝罪は？」

カルロは少しの間、悩むそぶりを見せるも、頭を地面にこすりつける。

「ず、ずいませんでした……」

「もっと殴っておく？」

俺はシャロンに尋ねる。

「いや、このゴミはもうどうでもいい。が、世話になった礼はしておかないとな」

シャロンはそう言うと、カルロの顔面に蹴りを放った。

俺よりもはるかに強力な一撃を受けたカルロは、血を吐きながら一回転して地面に倒れ込んだ。

そんなとき、アンネに肩を借りながらリズリーさんが現れる。

「本当にカルロを捕らえてきたか。僕が体を張ったかいもあったみたいだね」

「リズリー！　お前は俺と同類だったはずだ！　どうして俺とお前で差が生まれたんだ！」

カルロが仲間に囲まれたリズリーさんを見て叫ぶ。

それを聞いたリズリーさんはいつもと違う冷えた笑顔を浮かべると、カルロの耳元で囁く。

「確かに俺とお前は同類だ。愚かなところが、な。お前は実によく踊ってくれた、俺達が勝てたのはお前のおかげだ。感謝してもし足りないよ。エンデの弱点よ」

それを聞いたカルロが怯えの表情に変わる。

「お前……誰だ？　本当に俺の知ってるリズリーか？」

「勿論。シビル、エンデに伝えてくれ。戦は終わりだってね」

その顔はいつもの笑顔を張り付けるリズリーに戻っていた。

「承知しました」

◇◇◇

「エンデ様、大変です！　カルロ様が捕らえられたようです！」

エンデのもとに急報が届く。

「馬鹿な！　カルロは最後列に配置していたはずだ。敵の五千も全て場所を把握していたはずだろう」

「敵兵千が雪原に籠り、機会を窺っていたようで背後を狙われました。おそらく離反したと聞いていた千人かと。現在も背後を狙われ、弱った歩兵を中心に狩られております」

その報告にエンデは歯を食いしめる。

「なにい……！　離反は偽りだったのか。トリートの奴、姿を見せないと思ったら裏切ったのか？　増えた敵に囲まれ、兵も寒さで使い物にならん。そのうえ、カルロまで……。全て敵の掌の上か」

エンデは己の敗北を悟った。一番の弱点であるカルロを捕らえられたのだ。

カルロのために狙った領地のために、カルロが死んでは意味がなかった。

「エンデ様、ご報告が！　リズリーから、カルロを捕らえた。降伏しろ。さもなくば命はない、とのメッセージが」

「……わかった。交渉の席に立つ。部下達に剣を下ろせと伝えろ」

「承知しました」

カルロは部下達に戦いを止めるように命じた。

こうして、パンクハット軍とクラントン軍の戦いは半日経たずに終わりを迎えた。

◇◇◇

お互いの陣営の中間に小さな天幕を張り、そこに両陣営から数人が派遣される。

パンクハット軍はリズリーさんと俺。

クラントン軍はエンデとドットである。

「おい、兵は退いてやる。さっさと息子を返せ」

エンデが堂々と口にする。まるで自分が勝者であるかのような態度だ。

「貴方にとって、カルロはその程度なんですか？　ならそのままお帰りください」

俺ははっきりと口にする。

「なんだと……ガキが！　なんだ？　金が目的か？　十億Gくれてやる。それでいいか？」

エンデは忌々しそうに口にする。

俺達があくまで襲われた側で金以外に狙いなどないと思っているのだろう。だが、この戦はリズリーさんが確固たる目的のために始めたのだ。

「お金はいりません。その代わり、都市クロノスをいただきます」

俺の言葉を聞き、エンデの顔が怒りで真っ赤に染まる。

怖っ！

「ふざけるな！　言うに事を欠いて、クロノスを寄越せだと！　寝言は寝て言え！　このまま殺し合いをしてもいいんだぞ！　おい、リズリー。大人しく十億で手を打て。お前のためだぞ」

その言葉を聞き、ドットがこちらに睨みを利かせる。

「この件に関しては、シビル君に一任しているので」

とリズリーは無能の皮を被って俺に丸投げする。

「なら交渉は終わりですね。カルロとはあの世で会うと良い」

「このガキィ……！」

今にも襲い掛かってきそうだ。

エンデは歯が砕けそうなくらい歯ぎしりをしてしばらく悩んだ後、ようやく言葉を吐いた。

「……わかった。クロノスは譲る。カルロを返せ」

その顔は少し老けたように見えた。

「ありがとうございます、クラントン伯爵。ご英断です。カルロの解放は完全にクロノスをいただいてからになるためしばらくかかると思いますがお許しください」

「わかっておるわ。おい、お前が今回の戦の軍略を練ったのか？」

エンデが俺に尋ねる。

「はい」

「未来が読めるというのは本当らしいな」

「なんでもではないですよ」

「ちっ！　化物に手を出してしまったようだな。あまり目立ちすぎないことだ。出る杭は打たれるぞ」

エンデの忠告に俺は唾を呑む。

「ご忠告に感謝を」

エンデは不愉快そうに席を立つと、そのまま天幕を出ていった。

「今回はよくやってくれた、シビル。おかげでクロノスをいただけた。君にもしっかりと報いよう。褒賞を楽しみにしていると良い」

リズリーが俺の肩に手を置き、言う。

「ありがとうございます」

こうして戦いは幕を下ろした。


その後俺が何をしているかというと、シャロンの看病をしていた。

やはり不利な戦いを避けて子供を救出することはできなかったようで、左肩に大きな傷を受けていた。

だが、それを顔に出さずガルシア男爵に子供を届けた後、今回の戦いに参加した。

傷痕は少しずつ治っているがその途中で高熱を出し、ずっと寝込んでいる。

「無理をさせたな、シャロン。今、タオル替えるからな」

俺は冷やしたタオルを取り換えてシャロンのおでこに乗せる。

「また、定期的に見に来るから」

俺がそう言って立ち上がると、シャロンから声がかかる。

「シビル……行くな」

シャロンは真っ赤な顔で、虚ろな目をしていた。かなり疲れているな。

「どうした、シャロン？」

「お腹すいた……」

真っ赤な顔で、シャロンが言う。

「もう夜中だからなあ」

「作って」

「え？　俺料理なんて作れないぞ？　ダイヤに作ってもらうか？」

「別にシビルのでいい。早く」

「早くって……仕方ないな」

本当に弱っているシャロンを見るのは初めてだが、普段より随分素直な分断り辛い。

そして……、真っ赤な顔をしているシャロンはどこか色っぽいのも問題であった。

「ふぅ……作るか」

俺は簡単にお粥を作ると、シャロンの部屋に持っていく。

味はなんとか食べられるという感じである。

「シャロン、ゆっくり食べろよ」

だが、シャロンは手を動かす気配がない。

「……食べられない」

「え？」

「怪我してるから。食べさせて」

俺が呆れていると、シャロンが下から覗き込んでくる。

「お前……」

「……私にするのは嫌か？」

泣きそうな声で言う。

か、可愛い、だと!? シャロンは普段ツンツンしている分、こうなると破壊力が凄かった。一般人なら一発で恋に落ちるだろう。

だが、俺は落ちない。負けないいんだから！

と脳内で謎の言い訳をしつつも、気づけばスプーンを手に持っていた。

俺はお粥を冷ましつつ、シャロンの口元に持っていく。

「ん」

シャロンは無言でスプーンを咥えてお粥を食べる。なんか動物に餌をあげているみたいだ。

「美味しいか？」

「塩味が強い」

やはりシャロンはシャロンである。

「じゃあやっぱりダイヤに――」

「これでいい。別に食べないとは言ってない。もっと」

「お前なあ」

俺は呆れつつも、シャロンにお粥を食べさせ続ける。シャロンは文句を言いつつも、綺麗に完食した。

どこか満足そうな顔をしている。

「お粗末様でした」

「……ご馳走様」

俺の言葉に、シャロンが小さく返した。普段もこれくらい素直だといいのに。そう思いつつも、俺は笑顔で席を立った。


翌日のシャロンは昨日のことが恥ずかしかったのか、俺と目を合わさなかった。

クラントン領のクロノスの引き渡しは、一ヶ月ほどかかったが、無事に完了した。

カルロはリズリーの変貌に驚いたのか、リズリーを見ると逃げるようになった。

余談であるがトリートは、戦いの前日に捕らえられ処刑されている。

この一件で、クラントン伯爵家は大きくその名を落としたが、一方パンクハット子爵家は大きく名を上げた。

三倍に近い兵力差をひっくり返したその手腕が大きく評価された。

「できるだけシビルとエルビスの評価にしたけど、僕が評価されるのは面倒だねぇ」

リズリーは執務室でぼやくと、アンネの姿を探す。アンネも怪我が治ったためようやくメイド業に復帰したのだ。

「アンネ？」

「こちらに居ます」

アンネは声だけ返事するも姿を見せない。どうやら部屋の外に居るようだ。

「どうしたの？」

「リズリー様に合わせる顔がありません。全て知られてしまいましたね。貴方には知られたくありませんでした……」

◇◇◇

アンネは、か細い声で答える。

全てを察したリズリーは部屋を出てアンネの前に立つ。

「何をだい？　僕が知ったのは君が誰よりも僕のことを思って行動してくれたことだけだよ。ありがとう、アンネ。君のような忠誠心の強い部下を持てて私は幸せ者だ」

リズリーはそう言って、にっこりと笑う。

アンネはその言葉を聞き、感涙しリズリーを抱き締める。

（好きいいいいいいいいいいいいいいいい！）

アンネは幸せそうだった。

◇◇◇

俺は戦いも終わりすっかり落ち着いた日々を過ごしていた。

そんな俺についに褒美の連絡が来た！

土地だ。広大な。これだけ聞くと、素晴らしい褒美だ。これだけ聞くと。

俺は通りに全く人が居ない上に、活気とはすっかり無縁になっているゴーストタウンに目をやる。

「え？　これ人いるよね？」

広大な土地に、小さな村。人口は全部で五百人ほど。まあまあの規模である。だが、ようやく会った人の顔は暗い。

そしてシビル隊として正式に百人部下を持った。五百人居たシビル隊から、七十五人。帝国軍から二十五人の計百人だ。

『シビル君へ

この間は大変お世話になりました。褒賞として土地を譲ります。五百人規模の村のある土地です。大変申し訳ありませんがそこの村は主要産業を失って税金もまともに払えない状態で大変困っています。正直もう君しか任せられる人がいません。予算は用意しましたので、君のスキルでなんとかしてください。

By リズリー』

貰った辞令には、綺麗な字でこう書かれている。

はい？　俺は村の運営なんてしたことねえぞ？

だが、これで村人に活気がない理由がわかった。この村、廃村の危機ってコト？

「都落ちっぽいね」

ぽつりとダイヤが言う。

「言うな……何も。これから村として発達するんだから」

「これのどこが町なのよ」

呆れたように言ったのは、ネオンだ。

「まあ、村と町の違いなんて些細なものだ」

「話が違うじゃない！　町の領主になったから店を建てていい、と聞いて来たのにこれじゃ露店すら建てる気になれないわよ！」

「いやー、ここまで小さいとは。でも小さい雑貨屋さんもいいものだぞ」

俺はネオンに胸倉を掴まれ前後に振り回される。

「どうやってそれで大商会になるのよ！」

「あばばばばば。俺にもわからん」

俺はなんとか無理やり話を変える。

「とりあえず、村長に挨拶するか」

こうして俺は念願の領主になった。

《了》

あとがき

Post Script

皆様、お久しぶりです。作者の藤原みけと申します。

初めましての方もいらっしゃるかもしれませんが、その際は是非一巻から読んでいただけると嬉しいです。

最近、実家で柴犬を飼い始めました。私は元々猫派で将来はノルウェージャンフォレストキャットを飼って優雅に過ごしたいと考えておりましたが、実家の柴犬が可愛すぎて柴犬との生活も幸せじゃないかと意見が変わり始めています。

初めは私のことを警戒していたものですが、何度も顔を合わた結果、最近は尻尾を振って歓迎してくれています。

可愛い。

ほっぺをむにむにするのが何よりの至福です。

お座りとお手をするとおやつをあげるようにしていたら、おやつを持った瞬間お座りをしてお手をするようになってしまいました。

これはお手を覚えたと言えるのか、と首を傾げているのですが可愛いからおやつはあげてしまいます。

これぱっかりは仕方ない。

fuhai no
ZAKO
shogun

将来は犬と猫の二匹飼いを目標にしたいと思います。

夢ばかりが広がっている訳ですが、それを目標に小説を書けば結果オーライでしょう。多分。

スローライフ系のゲームや作品が好きなので将来田舎でスローライフするぞ！

と思っていたものの現実の農業はもやしの私では耐えられなそうです。いつかそっち系の作品も書きたいですが私が書くと気づいたら戦ってそうな気がします。

段々できることが広がっていく感覚が良いですよね。

では、ここからは恒例の謝辞を述べさせてください。

細かい質問にも丁寧に答えてくださった編集のH様、最高のイラストを仕上げてくださった猫鍋蒼様。本当にありがとうございます。

シャロンの格好良さが十二分に描かれていて、心を奪われてしまいました。様々なヒロインをフルカラーで見ることのできる表紙は私も大変楽しみにしております。

編集部、営業、校正、デザイナーの皆様などお力添えをくださった全ての関係者の皆様におかれましても、御助力を賜りましたこと深く感謝を申し上げます。

そしてこの本をご購入して下さった読者の皆様。皆様のお陰で今回も書籍という形で世に出すことができました。心より感謝を申し上げます。

藤原みけ

不敗の雑魚将軍 2
～ハズレスキルだと実家を追放されましたが、「神解」スキルを使って帝国で成り上がります。気づけば帝国最強の大将軍として語られてました～

発 行
2024 年 5 月 15 日　初版発行

著 者
藤原みけ

発行人
山崎　篤

発行・発売
株式会社一二三書房
〒101-0003　東京都千代田区一ツ橋 2-4-3 光文恒産ビル
03-3265-1881

編集協力
株式会社パルプライド

印 刷
中央精版印刷株式会社

作品の感想、ファンレターをお待ちしております。
〒101-0003　東京都千代田区一ツ橋 2-4-3 光文恒産ビル
株式会社一二三書房
藤原みけ 先生／猫鍋蒼 先生

本書の不良・交換については、メールにてご連絡ください。
株式会社一二三書房　カスタマー担当
メールアドレス：support@hifumi.co.jp
古書店で本書を購入されている場合はお取り替えできません。
本書の無断複製（コピー）は、著作権上の例外を除き、禁じられています。
価格はカバーに表示されています。

©Mike Fujiwara

Printed in Japan, ISBN 978-4-8242-0156-0 C0093
※本書は小説投稿サイト「小説家になろう」（https://syosetu.com/）に
掲載された作品を加筆修正し書籍化したものです。